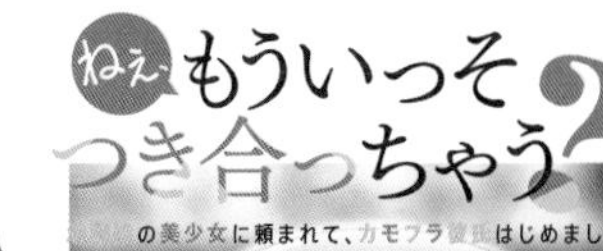

JN034852

そういえば正市と一緒の空間で
着替えをするのって、
正市の部屋以外では初だ

――やっぱりちょっといつもと違う。
……なんか恥ずかしい。
だけどなぜだろう、
今は無性に後ろが気になってしまっている。

十色が着替えだしたら、
俺は反対を向いておくのが当たり前。
それでずっと昔から、やってきたのに。

中曽根うらら
なかそねうらら
十色の友人でカースト上位の
サバサバ系ギャル。
責任感が強めで、
少々おせっかいなところも。
兎山まゆ子
うやままゆこ
人の恋バナが大好物な
占い大好き元気っ娘。
その占いが原因で、
正市と十色の関係を
疑い始める。

ねぇ、もういっそつき合っちゃう？ 2
幼馴染の美少女に頼まれて、カモフラ彼氏はじめました

叶田キズ

来海十色
くるみといろ
実はオタクなカーストトップ女子。
正市とは偽装カップル状態で、
恋人ムーブと称して
人前でイチャイチャしている。

俺が手に触れている十色の指を取り、握ってみると、
十色がにへっと笑ってきゅっと握り返してくる。
俺たちは手を繋いだまま、時々言葉を交わしつつ、
じんわり色が変わっていく景色を眺めていた。

ねぇ、もういっそつき合っちゃう？2

幼馴染の美少女に頼まれて、カモフラ彼氏はじめました

叶田キズ

HJ文庫
990

口絵・本文イラスト　塩かずのこ

contents

ne,mouisso tsukiattyau?
osananajimi no bisyoujo ni
tanomarete,kamohurakareshi
hajimemashita

夏休みは最強の布陣にて

つんつん、と。

彼女の肘の先が、俺の腕に触れている。

つんつんつん、と。

隣に座る彼女の、制服の半袖ブラウスから伸びた白い肘が、俺に当たっている。

「つんつん、つんつん」

彼女の肘が触れた場所に、無意識に神経を集中させてしまっていることに気づき、俺は慌てて脇を閉める。ただそれでも、このファミレスで案内されたテーブル席のソファは二人並んで座るには狭く、少しでも身動きすれば身体がぶつかってしまう。

そんな中、

「つんつん、つんつんつんつん」

「……お前、途中から自分でつんつん言ってないか？」

俺とほぼ接触する距離で席に腰かけた十色が、わざと俺の左腕を肘でつんつんしてきていた。

「おやおやぁ？　正市、照れてるの？　いけないねぇ、恋人ムーブだよ。こんなの本物のカップルなら、朝飯前の行為なんだから。つんつんつんつん」

　十色はにやにやと俺の顔を覗きこみながら、肘で俺の腕をつついてくる。夏に映えそうな亜麻色の髪がふわりと垂れ、その前髪の下には今にも笑い出しそうな悪戯っぽい表情が浮かんでいた。

「お前、覚悟はできてんだろうな」

　そう言って、俺は尖らせた肘でつんっと彼女をつつき返した。

「ひゃん」

「お、お前、変な声出すなよ」

「だ、だって、脇腹はズルだよ、脇腹は！　こしょばいじゃん！」

　本当にびっくりしたようにくねっと身を引き、腕で脇腹を守るようなポーズをとる十色。

「い、いや……、が、ガードが甘いんだよ」

　対して俺も、肘の先に感じたふわふわの感触に驚いていた。

わ、脇腹をつついてしまったのか……。

　腕を突いたと思っていた分余計、彼女の柔らかさを意識してしまい、ドギマギした反応になってしまう。

「仕返しだ！　ずんずん」

十色が俺の脇腹を狙って、さっきよりも強くつんつん――ずんずんしてくる。

「ほぼ肘打ちじゃねぇか」

俺は二の腕のガードを下げてその攻撃を防いだ。そして隙を見てやり返す。

「あひゃひゃひゃ、ま、正市、ちょっ、それダメ」

「あっ、お前、そんな大きな声出したら――」

十色がハッとして、辺りを見回す。それに合わせて、俺も恐るおそる周囲を窺った。

周りの席に座る人たちの刺すような視線をもろに確認してしまい、俺たちは二人して身を竦めた。

「こ、公共の場で何やってんのさ」

恥ずかしいのか頬を朱色に染めながら、十色が言う。

「いや、そっちから仕掛けてきたんだろ」

「だって、恋人同士ってこんな感じかなって。……やばい、めちゃくちゃ見られてる」

「ひそひそと噂もされてるっぽいな……」

そもそも、ボックス型のテーブル席でこんな座り方をしている時点で、かなり目立ってしまっていた。狭めの席にもかかわらず、俺たちは対面に座らず片側のソファに並んで腰かけているのだ。

誰かに聞いたのか、ネットか何かで仕入れてきたのか。ラブラブなカップルはファミレスなんかでこうして席に座るのだと、十色が言いだした。『恋人ムーブだよ、正市』、と。

仮初の恋人同士としてカップルを演じている俺たちは、『恋人ムーブ』として、こうして人前で本物の恋人たちのような行動をとるようにしているのだ。

「……気まずいね」

十色が俯き加減のまま、ぽそっと小さな声で言ってくる。

「ていうか……」

俺は目だけで再び辺りを窺いながら、口を開いた。

「他のカップル、並んで座ってる奴ら一組もいないんだよなぁ」

さっきから、いつ言おうかと悩んでいたのだ。放課後のファミレスには学校帰りの男女というペアが数多く見られたが、どの組もきちんと対面に腰かけている。そのせいで、俺たちがかなり浮いてしまっていた。

十色の掴んだ情報が嘘だったのか。もしくは古い話で、今はそんなことをするカップルはいないのか。それとも、人目をはばからずどこでもイチャつく、俗に言うバカップルの

生態を模擬してしまったのか……。

十色もこそこそと首を回して辺りを確認した。それから最後に俺の顔を見て頷いてくる。

「……よし、正市、一人ずつ座ろう」

こうして、この恋人ムーブは封印されることとなったのだった。

＊

十色がドリンクバーにジュースを注ぎに行っている間、俺は数学の問題集をテーブルに広げ、ルーズリーフを一枚取り出した。シャーペンの頭を二回ノックして、いつもの長さに芯を出す。

そもそも、俺たちが珍しく放課後にファミレスへきたのはこれが目的だった。

テスト勉強。

高校一年一学期の期末テストが、七月の頭——来週に迫っている。

みんな考えることは同じなのか、四〇テーブルほどある店内は複数人でテスト勉強をする生徒たちでほとんどが埋まっている。駅前に立地するファミレスだからか、さまざまな学校の制服が入り交じっていた。

複数人で勉強をするには、ファミレスはちょうどいい環境だ。図書館と違い、勉強の教え合いや世間話なんかになっても周りに迷惑をかけない。また、部屋と違ってゲームや漫画などの誘惑がなく、勉強に集中できる。

俺と十色がここを選んだ理由は、もちろん後者の方だった。

「そろそろ勉強しないとな」

そう俺は一人呟いて、ルーズリーフへと視線を落とす。

入店早々、気まずい座り方からの十色のつんつん攻撃で、俺たちはまだ全く勉強に手をつけられていなかった。

シャーペンを走らせる前、今は目にかからなくなった前髪を小指で横に掻き分ける。長かったときの癖が残っているのだ。

そうして俺が一問目に取りかかろうとしたとき、

「ねね、大変だよ正市。このファミレス、みんな勉強してる」

そんなことを言いながら十色が戻ってきた。

「そりゃなぁ。この時期だし、みんな遊びにきてるわけじゃないだろうし」

「そうだよねー、わたしたちも頑張らないと！　まったく、こしょばし合いなんてしてる余裕がどこにあるんだか」

「いや、元凶さんが何言ってんだよ」

そんなやり取りをする間、十色が持っていた二つのグラスをテーブルに置き、席に座る。

「ほい、正市。いつもの」

「ああ、サンキューな」

礼を言いつつ、俺は十色が注いできてくれたメロンソーダのストローに口をつける。心地よい炭酸がしゅわしゅわと弾けながら喉を通り、舌にほのかな甘さが残った。

二人でドリンクバーがあるところにくると、俺が何も言わずとも、十色は俺の飲み物を毎回淹れてきてくれる。十色がしっかりとジュースのレパートリーを見て吟味したい派なのに対し、俺はだいたいどこでも一杯目はメロンソーダと決まっているからだ。なのでドリンクバーを頼むと、いつも十色が真っ先にぴゅーっと席を飛び立っていくのがお決まりになっていた。

「でもさでもさ、ただ普通に勉強するだけじゃカップルっぽくないよね」

氷の入った抹茶ラテをちびりと飲んで、十色が言う。

また何かややこしいこと言いだす気か？　と俺が眉をひそめると、十色が「むー」と頬を膨らませる。

「またなんかややこしいこと言いだすんじゃなかろうか、って顔してるね」

「まさかお前、エスパータイプか？」

「いや、がっつり表情がそう物語ってたよ！　エスパー使うまでもなかったね！　じゃなくて、恋人ムーブだよ。結構このファミレス、同じ学校の一年生もいるみたいだからさ」

確かに、さっき俺が辺りを見回しただけでも、俺たちと同じ名北高校の制服はかなり目についた。六〜七割くらいだろうか。俺たちの学校が一番近くにあり、普段からここを溜まり場にしている連中もいると聞くので、妥当な割合なのではないだろうか。

「恋人ムーブって言ってもな。どうするんだ？」

「さっきジュース取りに行ったとき見たのはね、彼氏さんが彼女さんに問題の解き方教えてたよ」

「なるほど。でもなぁ、俺たちにはそんなのいらないんじゃないか？」

俺は少々勉強には自信がある。中学時代は、長い通学時間をかけて偏差値の高い私立の学校に通っていたのだ。先月あった中間テストでも全教科学年五位以内には入っていた。ていうか、先月中間テストやったばかりなのにもう期末かよ。スパンが短すぎて気が休まらない……。

そして意外にも、十色もその中間テストで、学年三〇位以内という好成績を収めていた。訊けば、目に見える結果がついてくることに関して、頑張るのは好きだ、とのことだった。

俺は俺で、蓄えた知識をもって難敵に挑んでいく感じがゲーム感覚で面白く、試験の類を受けるのは好きだ。そのための修行である勉強にも苦手意識はない。

とまぁ、そんな俺たちなので、特に勉強の教え合いは必要ないと思ったのだが――。

「きゃー、正市ー、この問題わかんないよぉ」

目の前に即席のバカが誕生していた。

俺が広げていた問題集をぱらぱらとめくり、一つの問いを指さしてくる。

「そんな、あえてわからないフリしてまで……」

「教えて、ほ・し・い・ナ？」

そう言って人差し指を口元にあて、テーブルに上半身を乗り出してくる十色。

「そんな上目遣い、俺には効かんぞ」

「えー、なんでよ。恋人ムーブだよ、恋人ムーブ」

「それは大事だけど。でも、試験勉強の効率がだいぶ悪くなるからな」

「まぁ、確かに。今はこんなことしてる場合じゃないかぁ」

十色がふぅと息をつき、テーブルの上から身をひく。

「でも、ほんとにわかんなかったんだけどなー。この問題」

そんな続く十色の言葉に、俺は「ほぅ？」と問題集に目を落とした。十色が解けない問題？　そんな難題が今回の試験範囲にあっただろうか。

「いや、このページ、試験範囲どころか問題集のほとんど最後のページじゃないか」

三年生まで使える問題集の最終問題間近の問い。ゲームでいえばラスボスの、第一形態といったところだろうか。まだわからなくて当然である。

見慣れない位置で弧を描く放物線に、複雑に交差する線と円。今まで対峙したことのないほどの記号の大群。思わず目を逸らしてしまいそうになるが——。

「——いや、でもこれ、ここの共有点の座標さえわかれば……」

俺は踏みとどまり、改めて問題文に目を通す。

「こっちの問題、解の個数だけなら判別式を調べるだけでいいよね」

十色も興味を持ったのか、同じページの小問をじっと見つめていた。

「そうだな。ちょっと、できるところだけでもやってみるか？」

「うん！」

俺たちは一冊の問題集を、お互い身を乗り出して覗きこむ。ここはこうだ、そこはああじゃない？　など、二人で言い合いながら、ルーズリーフに数式を書き殴っていく。

やはりというか、その問題は今の俺たちの実力からするとかなりレベルが高かった。それでも、答えの冊子を十色がちらちら覗きつつ、ヒントになりそうな途中式を俺に教えてくれる。決して答えは見ず、俺はそのヒントから問題を解き進めていく。

俺は数式を解く頭の片隅で、幼い頃、謎解き要素のあるRPGを二人で進めたことをぼんやりと思い出していた。俺と十色の頭脳を合わせてもダンジョンがクリアできないとき、十色が攻略サイトを検索して、俺にヒントを与えてくれるのだ。それをもとに謎が解けたときは、十色も一緒になって喜んでくれていた。

「ここの計算はわたしに任せて！」

「おう！　じゃあ俺、ちょっと飲み物取ってくる。なんかいるか？」

「わたしはまだいいかな！」

「わかった」

俺は自分のグラスだけ手に持って席を立ち、ドリンクバーコーナーへ向かう。脳を使っているので、何か糖分が豊富なものを飲みたい気分だ。……メロンソーダか。

ドリンクバーには先客がいた。名北高校の制服を着た女子二人組が、氷コーナーでスコップを使ってグラスに氷を入れている。早く席に戻りたいところだが仕方なく、俺は一歩下がったところで待っていた。

その噂話を聞いてしまったのは、偶然だった。

「ねぇ、向こうの席にいたカップルって、十色ちゃんだよね？」

「あ、そうそう。言おうと思ってた。噂の彼氏と一緒だったね」

「だよね。てか、さっき横通ったとき見た？　二人でさ、なんかめちゃくちゃ難しそうな問題解いてなかった？」

「見たみた！　やばかった！　あの二人、頭いいのかな」

「確か十色ちゃんは頭もいいって聞いたことある。彼氏も勉強はできそうっぽいし。賛否両論でいろんな話聞くけどさー、意外とそういうとこでもお似合いなのかもね」

どうも、女子二人組は俺や十色と同じ一年だったらしい。さすが十色というべきか、校内の有名人は噂話のネタにされやすいようだ。真後ろに俺がいることには気づいていないらしい。

というか……。

今回に限っては、あえて行う恋人ムーブよりも、俺たちの素の行動の方がお似合いのカップルっぽいと認定されたらしかった。

まぁ、結果オーライだ。

俺はふっと息を漏らしながら、盗み聞きしたと思われないよう一旦その場を離れる。

「あ、正市、助けてぇ。ソロで行ったら迷宮に迷いこんじゃったよー」

席に戻るとお似合いの彼女（仮）が、一人で半べそをかいていた。

＊

強敵に挑み終えた俺たちは、ようやく自分たちのテスト勉強を進め始めた。直前まで脳をフル回転させていたおかげか、高い集中力を維持したまま、俺は次々にテスト範囲の問題を攻略していく。

どのくらい時間が経ったただろうか。

数学の問題集のテスト範囲を一周解き終え、俺はシャーペンを置いてぐっと背筋を伸ばした。ふぅと息をつきながら、スマホを確認する。いつの間にか二時間が経過していた。急に店内の雑音が耳に戻ってきたような感覚に、自分がかなり集中していたことを実感する。

ちらりと十色の方を窺うと、彼女もじっとテーブルのノートと睨めっこしている。邪魔しちゃ悪いか。声をかけることはせず、俺はドリンクバーへ行こうと立ち上がった。ついでにと思い、十色のグラスも確認する。

そのとき、彼女が広げているノートも視界に入った。

「……ってお前、勉強してないじゃないか」

そこに広げられていたのは、パステル調の色の紙に大き目の四角いマスが並ぶ、予定帳だった。

俺の声に、十色が顔を上げる。

「やー、おつかれ正市。わたしはとっくに集中力が切れちゃってさー。それよりどうする？夏休み」

「夏休み？」

「そうそう。テスト終わったらすぐ夏休みじゃん？　今予定立ててたんだよねー」

急な話題を振られ、俺は席に尻を落とした。

確かに、期末テストが終われば半月ほどで夏休みだ。だけど、そんなふうに改めて訊かれなくとも、やることは決まっている。

「そりゃあ、冷たいジュースと大量のお菓子買ってゲームだろ」

「最強」

話は終わった。俺が再び席を立とうとすると、「や、違うちがう」と十色が首を横に振る。

「確かにその布陣は最強で至高だけど。そうじゃなくて、たまにはどっか行ったりしないかなーって。恋人ムーブ的にさ、友達とじゃあんまり行かないとこへ。高一の夏、人生の思い出を作ろうぜー的な。絶対二学期、みんなにどこ行ったか聞かれるし」

「人生の思い出ねぇ。じゃあ、人生ゲームでもするか？」

「ことごとくインドアで完結させる気だ!?　……でも、久しぶりにやりたいね」

「押し入れの中、探しとくよ」

「ありがと！　……って、違うちがう！」

またしても慌てて首を振る十色。誘惑に流されやすい奴である。

思い出作り、か。

まぁ、俺も十色と一緒に遊びにいくこと自体は構わないのだが、ただ一つだけ問題があった。

「俺、夏休みのどこかでバイトする予定なんだよな。まだいつになるか決まってなくて」

俺が言うと、十色が目を丸くしてきょとんとした顔になった。

「バイト？　夏休みに？　正市が？」

「お、おう。そうだが」

「えー？　聞いてないよ！　なんで？　お家でゲームする最高の時間減っちゃうじゃん！」

本当に焦ったような表情で言われ、俺も少し慌ててしまう。

「いや、バイトって言っても、数日だけの短期のバイトなんだ。星里奈に紹介してもらう予定でな。それ以外は基本的にさっきの最強の布陣でエンジョイできる」

「数日……。でも正市、なんでバイトなんて……？」

「いやぁ、この世の中ってほしいものが大量すぎるだろ？　お年玉と小遣いだけじゃ慢性的な金欠から脱出できなくてな。漫画にゲーム、カードの新弾にアプリの課金」

話しながら、俺は自分のスマホのカレンダーを開いた。まだ真っ白なページをめくっていくと、九月に一つマークのついている日がある。俺はそっとその日を確かめ、カレンダーを閉じた。

——買わなければならないものは、たくさんある。

「ほんとに数日？　なら、なるべくその日に友達との予定詰めよっかなー。……や、ここはいっそ、わたしも——」

そう十色が言いかけたとき、丁度俺がテーブルに置いたスマホがブブブと音を立て始めた。

「え、正市のスマホに着信——？」

「やめろその怪奇現象を見るような目！　電話本来の役割だろ！」

「で、でも、わたし以外にかけてくる人って……」

「そりゃいるだろ、家族とか、家族とか。家族とか家族とか——」

自分で言って悲しくなりながら、画面に表示されている文字を確認する。噂をすればなんとやら、そこには姉の星里奈の名前が表示されていた。

……うん。家族ですね。

電話に出ると、ぶっきらぼうな低い声が耳に飛びこんできた。

『遅い。あんた今、とろちゃんと一緒？』

開口一番そんなことを訊かれ、俺は眉をひそめる。一体なんだ？　声が受話口から漏れ聞こえていたのか、十色も自分を指さしながら不思議そうに首を傾げる。

「ああ、一応一緒だが」

俺がそう答えると、姉の声音が一段階華やいだ。

『ほんとか！　二人？　どこにいんの？』

「二人で駅前のファミレスだけど……なんだよ？」

『わかった！　すぐに行くから待ってな！』

「え？　は？　おい！」

用件を聞こうとするも、ブツッと通話を切られてしまう。その嵐のような数秒のやり取りに、俺はスマホを耳から下ろせずしばし固まっていた。

「え、せーちゃん、今からくるの？」

そう十色から訊ねられて、俺の意識は覚醒する。

「あ、ああ。なんかそんな感じで言ってたな……」

　確かに、今からここにくると聞こえた。ただ、どんな目的でここにくるのか、全く見当がつかない。

　俺と十色は顔を見合わせ、同時に首を捻る。

　え、あいつ、ほんとにくるの？

　……俺たちのテスト勉強は？


　言っていた通り、姉は五分でファミレスに姿を見せた。夜のバイトに向かうため、丁度駅まできていたらしい。細いスウェットパンツにTシャツ、白のキャップというラフな格好ながら、化粧はばっちり決まっている。

　星里奈はさっそく店員にドリンクバーを注文し、すぐに席を立つ。十色のグラスが空いているのを見ると、一緒に掴んで持って行ってしまった。せわしない……。

　その間、俺と十色は星里奈と対面になるよう、再び横並びに座り直した。

　少し待っていると、星里奈がそろりそろりとした歩き方で戻ってくる。その手には、ジュースが表面張力を起こすほどすれすれに入ったグラスを持っていた。

「ほら、とろちゃん。サービスで大増量にしといたから」

「あ、ありがと」

「いや、サービスって、ドリンクバーだろ」

俺がツッコむと、星里奈がキッとこちらを睨んでくる。元不良の目力だろう、軽い睨みでも鋭く相手をけん制するような光が宿っている。まぁ、しょっちゅう睨まれている俺は慣れてしまっているのだが。

「ドリンクバー、あんたらの分も奢ってあげるよ」

「なんだよ急に。星里奈が奢り？　槍でも降るんじゃねぇのか？」

「いちいちうるさいな！　別にあんたには用はないんだよ。黙ってな」

ほう、どうやら星里奈は十色を訪ねてきたらしい。いや、そもそも十色がいるかと訊かれていたので、わかってはいたが。でも、いったいなんの用事なのか。

俺はひとまず黙り、話を聞くことにした。星里奈は前髪を大きくかき上げると、軽く尻を持ち上げ十色の方に向き直る。

「とろちゃんあのね、お願いがあるんだけど。夏休み、正市と一緒にバイトしてくんない？　四泊五日、海の家！　今なら宿とおいしいご飯つき！」

「えっ？」「は⁉」

十色と俺の驚き声が重なった。星里奈が再び俺の方をギラッと睨んでくる。いや、いくら黙っていろと言われても、びっくりしてしまうのは仕方ないだろう。

「え、俺、泊まりでバイトするのか？　しかも海の家？」

バイトを紹介してくれるという話はしていたが、詳細は全く聞いていなかった。というか、まさか今明かされるとは。

それに、海の家って……俺みたいな奴でも働いていいのか？　自分で言うのもなんだが、クラス一、海が似合わない男の自信はあるぞ。

「いやね、高校のときの先輩が旅館やっててさー。そこが毎年出してる海の家なんだけど、今年全然バイトが集まらない期間があるらしくて、その数日間だけ助けてくれるあてはないかって。お願い！　先輩には世話になってるからさ、協力してあげたいんだ。バイト代も結構いいし、行ってやってくんない？」

星里奈が拝むように両手を合わせて十色を見た。

対して十色は、ふんっと鼻を鳴らし、両手で小さくガッツポーズをする。

「りょーかい！　せーちゃんの頼みならどんとこいだ！　正市、一緒に頑張ろうね！」

どうやらやる気満々のようだった。

「ありがとうとろちゃん！　さすがあたしの妹！　とろちゃんがいてくれたら、ダメな弟を先輩のところにやるのも安心だ」

テーブルに乗り出して、十色の頭を撫でる星里奈。十色はえへへとくすぐったそうに笑う。にしてもどうも、もう俺に拒否権はなさそうだ……。

「あ、それとさ、できたら学校のとろちゃんの友達も誘ってみてほしいんだけど。まだ人数足りないからさ。バイトだけど、働いてるとき以外は楽しい旅行だから」

「わかった、すぐ友達のグループにメッセージ流してみる！……あ、せーちゃん、わたし夏休みの終わり頃は家族でおばあちゃんの家に泊まりにいく予定だから厳しいんだけど、大丈夫かな？」

「オッケー。多分もうちょっと早い時期だと思うから大丈夫！　すぐに先輩と日程詰めて教えるよ。友達誘うのにも必要だろうし」

そう言って、星里奈は自分のスマホを操作しだす。

つんつん、と隣から肘でつつかれた。なんだ？　と俺が目で問うと、十色が顔を近づけてそっと耳打ちしてくる。

「どっかで隠れて、幼馴染ムーブもできたらいいね」

耳から口を離した十色は、俺を見ながらにっこりと笑顔を咲かせる。

それはつまり、ゲームを忘れず持っていこうねということだろう。俺もひとまず頷いたはいいが、心の中では一つの懸念が渦巻いていた。

高校の頃の先輩ということは、星里奈の不良時代の先輩ということになる。星里奈より格上の不良ということはだいぶ怖い人が出てくるんじゃ……。

急に行くのが嫌になってきたが、もう遅い。

十色はどうもこのバイトを楽しみにしているみたいだ。

ならば俺も、彼氏として、覚悟を決めてつき合わなければ――。

これまで恋人ムーブにおいて、俺は十色に引っ張ってもらってばかりだった。

ずっと頼ってばかりはダメだ。

そんな思いを募らせていた俺は、密かに、この夏は何か十色をカップルらしいことで喜ばせてやりたいと考えていた。

十色もバイトに行くことになったのは、正直心強かったりする。これが人生初めてのバイトだし、星里奈の先輩の店というのもなんだか心配だ。

そして、どうせ一緒にいるのであれば、そこでも彼氏らしく何かしてあげたい。十色の喜ぶ顔が見たい。

高一の夏、人生の思い出――。

なんだかんだ、楽しい夏の思い出ができたらいいなと俺は思った。

――そんな俺たちの眩(まぶ)しい夏休みの計画に、予想もできない暗雲が立ちこめてきたのは、たった数日後のことだった。

〈2〉 仮初カップルの天敵、ファビュラス様

期末テスト前々日。

俺は、テスト勉強はきっちりする派ではあるが、焦ったり慌てたりするタイプではない。

普段の授業の内容は全て理解をするよう努めているし、問題集で応用部分もしっかり補完している。オタク趣味のことばかり考えていたい中でも、そうしたことをちゃんとこなしているのは、中学の頃からの習慣である。だてに全国でも有名な私立進学校に通っていたわけではない。

そういった点から、テストが近づき阿鼻叫喚とする休み時間の教室内でも、俺は余裕の表情を浮かべていられた。

「やべー、英語全くわかんねー。中学のときからレベル上がりすぎじゃね？」

「いやいや、古文の方がわからねぇし。これ何語？　読めて将来意味あんの？」

「もう無理。あたし今回諦める。やめたやめたー。あたしは寝るぞ！」

「そんなこと言って今のうち寝といて、今晩徹夜する気でしょ。バレバレなんだから」

――くっくっくっ、喚け、嘆け、せいぜい足掻け。

俺は一人席に着き、組んだ手に顎を乗せながら、内心でそう呟く。

口に出せばめちゃくちゃ性格が悪い奴認定されそうな言葉たちだ。でもいいだろう。だって俺は普段から頑張ってるんだもん。こんなときくらいマウントを取らせてくれ。

「ようよう、正市の旦那。賢者タイムってのはめちゃめちゃ勉強がはかどると思わないかい？　まぁ、その無双モードに入るのに、二時間ほどかかっちまうんだが」

俺の席のそばに寄ってきて、そんなどうでもいいことを言ってきたのは、唯一教室で絡みのある男子生徒、猿賀谷だ。

「よくわからないが、二時間はかけすぎじゃないのか？」

「何言ってんだい旦那。オレは一発一発に命をかけてるんだ。まずお供選びからじっくりじっぽり満足いくまで。終わったあとに見る検索履歴は壮観だぜ？」

「想像したくもないな……」

俺はいったいこのエロ猿に何を聞かされているんだ。

「検索履歴はな、残しとくといいぞ。過去の自分と今の自分の、性癖遍歴が一目瞭然。ふと息子が道に迷い、反応が薄くなったとき、一緒に思い出を旅するんだ。俺も息子も、いつの間にか上を向いている」

「お前、そんなどうでもいい話するより、勉強した方がいいんじゃないのか？」

「期末テストには保健体育があるからな。総合順位は底上げできる」

「よくそれだけの理由で余裕でいられるな」

猿賀谷のバカに呆れ、思わずため息をついてしまいそうになる。

そんなときもう一つ、余裕の色を孕んだ弾んだ声音が聞こえてきた。

「じゃあ今日、一旦帰って一七時に合致ね！　勉強の息抜きに思いっきり遊ぶよ！」

クラスの女子連中のトップ、中曽根うららだ。同じ友達グループの、十色や楓、まゆ子に声をかけているらしい。元々目立っていた中曽根以外、俺は十色から友達の話を聞かされる中で名前を覚えたので、苗字ではなく下の名前で記憶してしまっていた。

「ほうほう。こんなテスト前にみんなで豪遊たぁ、よっぽど整ってきてると見た」

猿賀谷が頷きながらそんな分析をしているが、少し事情が違う。

俺はもともと十色から、今日の予定を聞いていた。

『まゆちゃんの誕生日会をやるんだー。せっかくだから誕生日当日にやりたいなって。でも、テスト前だから、晩ご飯だけ。明日はわたし、そっちに顔出すね』

まゆちゃんとは、十色と同じ友達グループにいるまゆ子のことだろう。

見れば本日の主役は、「どうもどうも皆の衆。忙しいところすまんねぇ。プレゼントはまゆ子ちゃんへの愛だけで十分だからなー」などと腕を組みながらのたまっている。楽しそうに笑ったときにぴょこんと覗く八重歯。ぴこぴこ揺れる短めの、ピンク味がかったミルクティー色のツインテールが彼女の特徴だ。

そして、そんな十色の話に、俺は「わかった」と返事をする一方、一つだけ心配をしていた。

中曽根の奴、かなりアホの子だと思うんだが、勉強しなくて大丈夫なのか——。

過去のいくつかの珍発言を思い出しながら、俺は悲惨なテスト結果に涙する中曽根を想像してしまっていた。

まぁ、勉強の合間を縫って友達の誕生日会をするくらいだから、とてもいい奴なんだが……。

テストの結果だけ気になるので、また十色にこっそり訊いてみようと思うのだった。

＊

その日の夜、俺は久しぶりに一人で勉強をしていた。晩ご飯のあと集中して机に向かい、日本史の教科書を読みこんでいく。

やがて気づけば、卓上の置き時計の針は夜の一〇時を指していた。俺はふぅと息をついて教科書から顔をあげ、首をこきこきと鳴らす。

窓を開けて扇風機をつけているが、部屋は若干蒸し暑い。部屋着の薄いTシャツが、じっとりと汗で湿っている。

今年もそろそろ冷房をつける時季のようだ。俺はぐっと伸びをしてから立ち上がり、扇風機のスイッチを切ると、壁につけたホルダーにセットしてあるエアコンのリモコンに近づいた。冷房のボタンを押し、ひとまず温度を二八度に設定する。

窓を閉め、席に戻ろうとしたときだった。

スマホがブブッと震え、メッセージの着信を知らせた。

俺は何気なくその画面に表示された通知を確認し——心臓が身体を揺らすほどバクンと大きく跳ねた。

メッセージの送信者は十色だった。

——『いつまで続けるの、この恋人ごっこ』

再び読み返すと、今度は身体の内側から急速冷凍されるように全身が冷え切っていく。

何がなんだか、わからなかった。

脳の処理が追いつかない。

戸惑いや混乱さえも湧いてこないまま、俺はただただ予想もできない夏の夕立に降られたように、その文字を見つめて立ち尽くしていた。

ブブブッ、ブブブッと、スマホが震える。

どうやら着信らしかった。画面に浮かぶ相手の名前を見ながら、俺はおそるおそる指で通話マークをタップする。

『ごめん、正市！　二〇分後、ちょっとだけ出てこれる？』

そんな慌てた十色の声が、耳に飛びこんできた。

＊

その夜は風がなく、熱気がむわりと立ちこめていた。居ても立っても居られず外に出たが、もう少し室内で待っていた方がよかっただろうか。ジジジジ、ジー、リリリリと、名前も知らない虫たちの声が絶え間なく響いている。

俺が玄関を出て待っていると、丁度二〇分が経った頃、住宅街の道の先の暗闇からこちらに駆けてくる十色の姿が現れた。

そんなに急がなくてもいいのに、と俺が心配していると、目の前までやってきた十色が膝に手を突いて肩で息をし始める。

ダメージ加工の施された黒のキャップに、ビンテージ風の少しくすんだグレーのTシャツ。その長めの裾から、白い脚がすらりと伸びている。その細い脚からすると少しごつめの黒のスニーカーと、メッシュ地のショルダーバッグは同じブランドに揃えられていた。

「大丈夫か？」

俺が手で優しく背中をさすってやると、「やははは」と情けない笑いを漏らしながら十色が顔を上げた。十色がキャップを取ると、栗色の髪がキラキラと街灯に照らされながらぱらぱらとこぼれる。

「久しぶりに走ったからかな。息が上がっちちった」

「無理しなくていいのに。なんとなくの話は電話で聞いたし」

「ややや、これはちゃんと説明させて。ちょっと作戦会議が必要かもしれないし。とにかく、ほんとごめんね、変なメッセージ」

そう言って、十色は再び頭を垂れる。

「いや、あれは十色じゃなくて、まゆ子の悪戯だったんだろ？」

先程の電話で、簡単な説明だけは受けていた。聞くに、まゆ子が十色のスマホを奪い、ちょこちょこ逃げ回りながらあのメッセージを送信してしまったということだった。

「そう、そうなんだよ。やー、油断しちゃってね」

「そういう悪戯しそうだもんな。あのまゆ子って女子。なんか子供っぽいっていうか」

「あはは、実際そう！　ちょっかいかけるの大好きって感じの子。見た目もちっちゃいしねー。可愛いし、度をすぎたことはしないって本人がわきまえてるから、みんなに好かれてる」

「度をすぎたことはしない……？」

別に怒っているというわけではないが、あんなメッセージがきてびっくりしてしまったのは確かだ。中々肝を冷やした。もしこれが他のカップルだったとしたら、そのまま別れ話に発展してしまうなんてことだってあるかもしれない。

俺がそんなことを考えていると、目の前で十色も少々苦い表情を浮かべる。

「今回はちょっと事情が違ってねぇ。正市、ファビュラス中村って知ってる？」

「ふ、ふぁっ!?」

急に聞き慣れない単語が耳に飛びこんできて、俺は訊き返す。

「えっとね、最近よくテレビとか雑誌とかに出てる占い師さんなんだけどね」

十色がスマホをついついっと操作し、「ほら、この人」と画像を見せてくれる。

「……知らないな。なんだこの熱帯の鳥みたいな色合いの頭は」

俺は画面に表示されたオッサンを見ながらそんな感想を漏らす。大きな黒縁メガネに、緑や黄色、水色や赤に色分けされた髪をした、インパクトの強い見た目である。

「その独特の髪も相まって、めちゃくちゃ流行ってるんだよ、ファビュラスさん。で、この人もともと店舗を持たないで全国を回って修行するってスタイルらしいんだけど、ここ数日間、この街にきてるってSNSで知って。そしたらまゆちゃんがファビュラスさんをファビュラス様って呼ぶほどの大ファンらしくて、絶対行きたいって言いだして」

話しながら、十色が目でちらりと左方向の道の先を指してくる。

きっと、この先にある公園まで歩かないかということだろうと俺は察する。住宅街の細い道路で車も少なく、立ち話をしていても邪魔にはならないが、時間が時間なので声には気を遣う必要がある。元々大声でバカ話をするつもりもないが、公園のベンチなんかで喋る方が、気が楽でいい。

俺が頷いて公園へ足を向けると、十色もたたっと軽いステップで俺の隣に並んできた。

「ほんとは晩ご飯だけの予定だったんだけどねー。せっかくだからって、みんなで行ってきたんだ」

十色が歩きながら、そう話す。

「なるほどな。十色も占ってもらったのか？」

「うん！　占ってもらったんだけど、でも、それが問題の始まりだったというか……」

「問題の始まり……」

俺が繰り返すと、十色は神妙そうな面持ちで頷いた。

公園に着き、俺たちはどちらからともなくベンチへと向かう。二人並んで腰を落ち着けると、十色が話を再開する。

「ファビュラスさんって、主に恋愛について占ってくれるんだ。占いの方法は簡単だったよ？　星座が乙女座とか、聞き手が左だとか。そんなことを訊きながらタロットをしたり、水晶を覗いてみたり。普通の占い師さんと変わらない感じ」

「ほう」

普通の占い師がどんな技を使うのかを知らないので、俺は曖昧な相槌しかできない。

「わたしって彼氏いるじゃん？　だから、彼氏との今後を占ってもらったんだけど。ていうかまゆちゃんが勝手に、『この子は今の彼氏とうまくいくか占ってあげてください！』って頼んでたんだけど」

そう言って、十色がにやにやと笑った目でこちらを窺ってくる。結果が気になる、とでも言ってほしいのだろうか。

「占いなんてあれだろ？　誰にでも当てはまりそうなことをあたかも神からのお告げのように話し、信ぴょう性があるように見せかけてるだけの。バーナム効果だとか、フォアラー効果だとか」

「……正市、それ女子の前では絶対言っちゃダメなやつだよ」

女子ってなぜか占い大好きだもんね。一方男子は嫌いではないが興味がない奴が多い気がする。

俺もご多分に漏れず、占いなんて興味がないし信じていない。

信じていなかったのだが――。

「じゃなくて、ファビュラスさんになんて言われたと思う？　びっくりするよ？」

「……なんだ？　そう言われると気になるな」

それが問題の始まりだと十色が言っていたことを思い出し、俺は静かに唾を呑んだ。

十色がゆっくりと、その言葉を口にする。

「『彼氏……。あなたに交際相手の影が……見えない』って」

「……それって」

「うん。ファビュラスさんには、わたしたちの関係が見破られてたのかも」

「えっ……、そんなことあるのか？」

これには本当に驚いた。

俺と十色は仮初の恋人同士という関係、平たく言えばつき合っているフリをしている。

その関係を、十色一人としか対面していない状況で見抜いてしまうなんて。

ファビュラス様すげぇ……。え、占い師って本当に特殊能力集団だったの？　マジで？

「や、わたしもほんとにビビっちゃってさ。でも、認めるわけにはいかないし、恋人いますよー、この人ですよーって、スマホで正市の写真見せながらなんとか占ってもらって。ちなみに正市とわたしは相性抜群でした。嬉しい？」

「ファビュラス様に相性悪いなんて言われちまったら、破局確定だろ。セーフセーフ」

「さっそく信者になってる!?」

いやだって、そんな実力見せつけられたあとじゃねぇ……。

「でまぁ、問題はそのあとなんだけど。ファビュラスさんの『交際相手の影が見えない』発言でね、うららちゃんと楓ちゃんはまぁ占いだしって感じだったんだけど、まゆちゃんが、わたしと正市のことを疑いだしちゃって」

「ああ、大ファンって言ってたもんな。ファビュラス様を信じてるのか」

「信じるどころか、妄信だよ。お前たちの関係はなんなんだー、その闇絶対暴いてやるからなーって。張りこまれたり尾行されたりしてもおかしくないね。まゆちゃん行動力すごいから、そのくらいしそう」

「マジか……。闇って、なんか悪者扱いだな」

「そうなんだよ。で、油断してたらスマホを取られて、例のメッセージって感じだよ」

十色が疲れたように肩を落として息をつく。

どうも、思わぬところから俺たちの関係を疑う者が出てきてしまったようだ。

「あとまゆちゃんね、せーちゃんに紹介してもらった夏休みのバイト、くることになってるの。ちなみに、うららちゃんも。楓ちゃんは好きな男の子とすごすみたいだからこれないんだけど」

「そうか。……気が抜けないな」

「ほんと、参ったまいっただよ。それで、旅行中、恋人ムーブを強化しないとなーって、正市と話したくて」

「なるほど。厳戒態勢だな」

「うん。この前、幼馴染感が滲み出ちゃって、カップルっぽくないって言われたことあったでしょ？　だから、なるべく普通のカップルっぽい感じで」

「普通のカップル、か」

真剣に取り組まないと。どこかで綻びが出てこの関係がバレるようなことがあれば、大変なことになってしまう。

以前のように、十色が色恋沙汰に振り回されるだけならまだなんとかなるかもしれない。

ただ、問題はそれだけではない。

先日の校外学習の際、大々的に俺と十色はカップルアピールをしてきた。完全に、俺と十色は恋人同士であると校内で宣言したと言っていいだろう。しかしそれは十色からすると、友人たちを騙しているということと同義でもあるのだ。悪意はなかったと話せばわかってくれるだろうか。それでも、これまで通りの関係でいられなくなるかもしれない。

こういう事態に追いこまれ、いつの間にか背負っていた代償の重さに気づかされる。

絶対に、この秘密はバレてはいけない。

この夏休み、気を引き締めなければと、俺は自身に言い聞かせた。

☆

——やっぱり、引きこもってゲームが最強だなぁ。

——また迷惑をかけちゃったかな。

隣に座る正市の真剣な横顔を見ながら、わたし、来海十色は考えていた。

いつもわたしは、正市のもとにトラブルを運んでくる。でも正市は優しいから、それにしっかり向き合ってくれる。

正市は横でわたしが見つめていることに気づかない。まるで自分の抱える問題のように、一生懸命考えてくれている。

「とにかく、バイトの旅行の日までは、お家で大人しくするのがいいかもねー。下手に外に出て、まゆちゃんと出くわしちゃったりすると大変だし。きっといろいろ探られる。それに、暑いから毎日お部屋デートしてたって、堂々と言えるしね」

わたしがそんな提案をすると、正市がパッと顔を上げてこちらを見てくる。

「おお！　丁度今、俺もそれ考えてた！　やっぱ家でゲームが最強だなーって」

「おっ、奇遇だねぇ正市さん。腰を据えて名作のＲＰＧとかやっちゃいますか？」

「いいですねぇ十色さん。謎解き要素が豊富でストーリーも泣けるってオススメのやつが部屋に積んでありますぜ」

「最高。もうこの状況を利用して楽しんじゃうしかないね！」

わたしたちは二人で不敵に笑い、拳をぶつけ合う。

正市となら、こんな状況だっていくらでもエンジョイできる。考えると、夏休みが無性に楽しみになってきた。

ほんとは少し、正市とどこか夏っぽい場所に遊びに行ってみたかったけど、仕方ない。

その分、バイトの旅行で思い出を作ってやろうと思う。

まゆちゃんに変なメッセージを送られてしまったときはどうなるかと冷や冷やしたが、取り越し苦労だったみたい。今はすっかりいつも通りのわたしたちだ。

仮初の彼氏役をやってくれるのが、正市でよかった。

なんとなく嬉しくなったわたしは、横にこてんと傾いて、正市の肩に頭をぶつけてみる。

「ん？　なんだ？」

前を向いていた正市が、こちらを振り向く。

「んー、恋人ムーブ？」

すぐに身体を起こしたわたしは、もう一度こてん。軽くもたれかかると、正市の着ている部屋着からとても落ち着く彼の匂いがする。

「恋人同士ってこんなことするのか？」

「するする。恋人の頭突きムーブだよ」

「攻撃なんだが⁉」

その少しふざけたいつも通りのやり取りに、わたしはふふっと呼気を揺らした。

　恋人ムーブとは言ったけれど、本当にそう意識しつつやったわけではない。ただ、なんとなく正市にもたれてみたくなった。いつも部屋でやるような、じゃれ合いの仲間。誰にも見られていないこの行動には、どんな名前がつくのだろうか。

「おい、暑苦しいぞ。とりあえず部屋に戻るか？　ちょっとはテスト勉強するだろ？　問題出してやるよ」

「おっ、いいねぇ。受けて立ってやろうじゃん」

　身体を起こして伸びをしながら、わたしは再び考える。

　仮初の彼氏が正市でよかった。

　そもそも正市という幼馴染がいて、本当によかった――。

〈3〉演出のスイートカップル

お盆が終われば涼しくなるよ。

幼い頃、よく俺の母親がそんなことを言っていた。

その当時は実際、朝方や夕方になると心なしかすごしやすい涼風が吹いていたのを覚えている。その空気を感じる度、夏の終わりを察してか、なんだか物悲しい気持ちになったものだ。

確かにそんな記憶があるんだけど……。

「燃えてる、燃えてるよ正市……」

お盆も明けて夏休みも折り返しをすぎた今日。

俺と十色は青く眩しい空の下、刺すような熱気に殺されそうになっていた。

「意識が朦朧とするな、ヤバすぎるだろこの気温。まだ朝八時前だぞ？　どうなってんだ日本……」

「焦げそう、焦げそうだよ正市……。お部屋に帰りたい……」

二人してへろへろになりながら、駅へと向かう道を歩いていく。

俺はグレーのワンポイントTシャツに、膝上くらいの丈の短パン。頭には十色と一緒に買いにいった、黒のキャップ。足首の少し上くらいまでの丈のパンツは何枚か持っていたのだが、それは暑苦しいと却下され、通販で黒地に黄色の幾何学模様の入ったパンツを選んで購入した。

『夏だしちょっとは派手に明るくいかないと。上の服は無地にしといて、パンツで柄を入れるだけで手軽にオシャレだよ。正市は脚、結構綺麗だし、どんどん出していいと思う』

というのが十色談だ。

一方その十色は、白のノースリーブのワンピースに、麦わら帽子といった格好だった。身体のラインが浮かび上がる綺麗なシルエットに加え、腰から下はふわりと広がるフレアスカート状。足元にはウェッジソールに涼しげなコルクが使われた、帽子と同色のサンダルを履いており、非常に女の子らしい夏っぽい格好だ。

服装だけ見ると身軽で涼し気なのだが……俺たちはそれに加えて四泊五日分の荷物を運んでいた。俺は大きなボストンバッグ。十色はリュックにスーツケース。その重みが、それぞれのＨＰの減少に拍車をかけている。

これから、この夏休みのメインイベントと言ってもいい、海の家でのバイトが始まるのだ。まぁ、イベントと言えば聞こえはいいが、決してそれが楽しいものとは限らない。まずこの暑さの時点で、インドア派の俺はダウンしそうになっていた。

「ねぇねぇ、海の家って冷房効いてるのかな？」

「わからん。ただまぁ、屋外の印象が強いけど」

「終わった……」

十色の方もかなり精神がやられているようだ。珍しく気弱な発言が増えている。

昨日まで、俺たちは夏休みのほとんどを室内ですごしてきた。必要な物資を全て揃えて引きこもった俺の部屋は、それはそれは快適で、まさにこの世の楽園。追加物資はネット注文で済ませていた。

そんなぬくぬく生活を数週間送った俺たちは、過酷な下界への耐性を失っていた。

「……暑さ寒さも彼岸まで、か」

飛びそうな意識の中、ふとそんな慣用句が頭に浮かび、俺は呟くように口に出していた。この猛暑には昨今の温暖化の影響もきっとあるのだろうが、そもそも古来より、秋分頃までは暑さが続くとも言われてきたのだ。つまり今、夏にとっては俺たちの戦いはこれからだ、的な感じなのだろうか。そのまま打ち切りになってくれ……。

そんなことを考えていると、ようやく駅に辿り着いた。ドアが開放されている駅舎の中は、冷房が効いているとは言えないが、身体を包んでいたむわりとした熱気からは逃れられ、俺たちはふぅと息をついた。

「待ち合わせまで時間があるな。とりあえず切符買いに行くか」

「そうだね、そうしよう」

俺の提案に十色が頷き、俺たちはまた少し移動する。

八時に改札前という約束で、バイトに参加するメンバー全員が集まることになっていた。遅れないよう意識して家を出たのだが、存外早く着きすぎてしまった。

目的のビーチは、いくつか山を越えた先の県境に位置しているらしい。俺たちは券売機で、目的の駅までの特急券を選択した。間違いなく必要になるので、帰りの券も一緒に購入する。時間をかければ普通電車でも行ける場所なのだが、交通費も支給するので特急でおいでとバイト先のオーナーが言ってくれていた。

きっと俺一人だったら、早く家を出て普通列車に乗り、その分浮いた特急料金でカードでも買ってたな……。

星里奈によると、オーナー——星里奈の高校時代の先輩は、とても仲間思いで、同じチームの奴のピンチには必ず駆けつけて助けてくれるいい人らしい。……それってつまり、めちゃくちゃ喧嘩が強いという意味ではなかろうか。俺たちにとっても、いい人、であってくれるだろうか。

「……地獄への往復切符ってやつか」

これから始まるバイト生活を愁い、購入した切符を見ながら俺は呟く。

「帰ってこれちゃうじゃん、地獄。それを言うなら片道切符でしょ」

そんな的確なツッコみを、十色から受けていたときだった。

「やぁやぁお二人さん。なんだか元気のない顔じゃあないかい？　ふむ、正市の方は寝不足と見た。夏の日差しに輝く柔らかい白、もしくは綺麗に焼けた小麦色、そんな女の子たちに囲まれて働くなんて、想像したら眠れなかったんだろう？　何を隠そうオレもだ」

急に背後から、ヤバい奴に話しかけられたかと思った。振り向くと、猿賀谷が立っていた。

「え、なんでお前がいるんだ？」

猿賀谷は黄色い柄のアロハシャツに短パン姿。パーマがかった長い髪を、今日は後ろで一つに括っていた。その足元には、黒のスーツケースが置いてある。丁度四泊五日分の荷物が入りそうな……。

「おいおい、お前さん。聞いてないのかい？　オレも行かしてもらうんだよ、出稼ぎにな」

俺が驚いて隣に顔を向けると、十色がこちらを見ながらこくこく頷いてきた。

「せーちゃんの先輩さん、男手が増えた方が喜ぶかなーと思って。正市、猿賀谷くんから直接聞いてるもんだと思ってた……」

どうやら十色も承知の上らしかった。別に隠していたわけでもなく、ただただその話が今まで出なかっただけらしい。

「十色が誘ったのか？」

俺がそう訊ねると、十色の代わりに猿賀谷が口を開く。

「いやいや、オレから頼んだのさ。うららちゃんがこのバイトの話をしてるの聞いてな。このチャンスは逃せないと思って、すぐに十色ちゃんのところへ。クラスの美人どころたちの水着姿を見逃すわけにはいかないからな。できれば高二高三とお誘いいただいて、その成長を見守らせていただきたいところ」

十色が「ん？」と眉を寄せた。

「……確か、金欠でピンチだからどうしてもって」

「おっといけねぇ。たまにこの口、思ってもないこと言いだすもんで困ってるんだ。躾が足りねぇってことだろうな」

言って、自分の頬をぺちぺちビンタして見せる猿賀谷。

そんな猿賀谷は無視で、十色は目を虚空に向けたままぶつぶつと呟いていた。

「ごめん、うららちゃん、まゆちゃん……。戦犯はわたしだ……」

どうやらバイトメンバーに猿賀谷を加えたことの重大さに気づいてしまったようだ。

このエロ猿のエロに対する原動力は無限だからな……。いざというときは身体を張ってでもこいつを押さえなければと、俺は覚悟を決めておく。

「ところでお二人さんは、夏休みどうだい？　どこかへ遊びに行ったかい？　恋人同士ですごす初めての夏ってやつだろう。いくら熱々だからって、熱中症にはなってくれるなよ」

猿賀谷がしれっと話題を逸らすように当たり障りない話を振ってきた。

すでに切符は買っているという猿賀谷と共に、俺たちは会話をしながら集合場所の改札前に移動する。

「やー、どこにも行ってないんだよねー。ほら、外めちゃめちゃ暑いじゃん？　どうにも気軽に出れなくて。それにこのバイトを半分旅行気分で結構楽しみにしてたしね」と十色。

「まぁ、遊びって言ったら、毎日遊んではいたけどな。家でゲームしたり、漫画読んだり」

そう俺も補足する。

「なるほどぉ、お家でこっそり愛を育む派ってやつかい。うっかりベイビーまで育んだりしないようにな」

「お前、朝からオッサンテイストの下ネタやめろ……」

「でもまぁ、お家デートか。遊園地なんかに行くよりはよっぽどいいのかもしれねぇなぁ」

俺の呆れ半分のツッコみはスルーして、猿賀谷が続ける。すると、十色が不思議そうに首を傾げた。

「ん？　なんで？」

「そりゃあ、言うじゃあねぇか。カップルで遊園地に行った日にゃあ、その二人は別れるって。観覧車に乗ったら、とも言うよなぁ。アトラクションの待ち時間、乗車時間が長くて間が持たず、気まずい空気になっちまうんだろうなぁ。初々しいカップルは、特に」

その言葉に、正市は十色とのデートを想像してみる。……が、中々そういうふうに気まずくなっているイメージが湧かない。ゲームやアニメの話で盛り上がっている姿が真っ先に思い浮かぶ。

「わたしたちは……ねぇ」

と十色がこちらを見ながら軽く首を傾けてくる。

「全然、大丈夫だよな」

十色の言いたいことをしっかりと察し、俺は頷き返した。

「おー、仲のいいこと。お二人さんのその塾年感はなんだか安心できるなぁ」

「じゅ、熟年って、どっから見ても初々しいほやほやカップルでしょ？」

そう十色が言って、こちらの腕を抱くように取ってくる。

「ぐおっ、見せつけてくれやがって。正市の旦那、前世でどれだけ善行を積んできたんだ」

本当に悔しそうに、猿賀谷は俺と十色から目を逸らす。効果は抜群のようだ。

それはそれでいいのだが、なんだか俺の方も、身動きが取れないバインド状態になっており……。

──動くと、触れてはいけない部分に触れてしまいそうな。ていうか、すでにふわふわの何かに肘が当たっている気が……。ちょ、ちょっと十色さん？

ただ、猿賀谷の前でそんな動揺は見せるわけにはいかず……。

いくら恋人ムーブでも、これまで人前でこんな大胆なアクションをしたことがあっただろうか。

「でもなぁ、十色ちゃん、熟年ってのはいいことなんだぞ──」

そう猿賀谷が話しかけたとき、

「うおーい、みんなー、何やってんのー？」

「十色、遅れてごめん。……いや、まだギリギリ時間には間に合ってんね」

「あっ、まゆちゃんにうららちゃん！　待ってたよー！」

残りのバイトメンバーが集まってきて、俺の腕は解放されたのだった。

＊

俺、十色、猿賀谷、中曽根、まゆ子。

集まったバイトメンバー五人で、特急列車へと乗りこんだ。

二人掛けの席が並ぶ車内で、俺と十色、中曽根とまゆ子、猿賀谷と知らないオジサンというふうに席に座る。

背もたれを少し倒して腰を落ち着けると、窓枠の上にある空調の吹き出し口からの涼しい風に、ようやく一息つくことができた。

「朝からくたくただね」

お手洗いに行きたいからと通路側に座った十色が、こちらに顔を向けながら「やはは」と緩く笑う。

「ほんとだよ。ところで、体調はどうだ？　このあとバイトだぞ？」

「大丈夫だいじょうぶ。ご飯食べたら復活だよ！」

言いながら、十色はリュックから道中のコンビニで買ったおにぎりを取り出す。それに倣い、俺もボストンバッグから総菜パンを取り出した。お茶のペットボトルも窓枠に置くと、バッグは頭上の網棚に上げておく。

「朝ご飯なんて食べるのいつ以来だ？」

パンの袋を開けつつ、ふと俺は思ったことを口に出す。

「ほんとだ、いつ以来だろ。夏休みに入ってから基本、二度寝三度寝で昼、下手したら夕方まで寝てたもんねー。お昼ご飯から始まって、おやつ、晩ご飯、夜食って感じ？」

「堕落ルーティンすぎるな……」

「だがそれが幸せ！　お布団には人をダメにする魔力が備わってるからねー」

「依存性物質が含まれてるよな」

「布団チン？　ふとチン！」

ニコチンとかけてるのだろうが、すごいレベルの低い下ネタっぽくなってるぞ、十色さん……。気に入ったのか知らないが、ふとチンふとチン連呼するのは止めた方がいい。

それを指摘すると妙な空気になってしまいそうなので、俺は一旦総菜パンを口に運ぶことで会話を濁した。

しばし二人して、黙って朝ご飯をむぐむぐと口に運ぶ。

そうしていると、やがてベルが鳴って扉がしまり、ゆっくりと列車が動きだした。商業施設のビル群を抜けると、すぐに景色は住宅街に。少し工場のような建物が増えてきて、大きな川を渡ると、今度は田園風景が広がった。時刻表アプリで調べると、乗車時間は一時間ほどになるらしい。

それは、しばらく続く田舎の景色を俺がぼんやり眺めていたときだった。

「――っつ⁉」

俺はふと強い視線を感じ、はっと顔をそちらに向けた。

殺気⁉

通路を挟んで一つ前の席から、獲物を射るような鋭い眼光がこちらに向けられていた。

俺に気づかれたからか、その視線はすぐに逸らされる。ただし、身体に残った身の竦むような感覚は中々消えてなくならない。

「まゆちゃん……」

同じく圧を感じていたのか、十色がため息をつきつつ呟いた。

「見られてるな……」

視線の主が引っこんだ座席では、カールしたツインテールの片一方がぴょこぴょこと飛び出して見えている。

事前に十色と話していた通り、まゆ子はファビュラス中村の言葉を信じ、俺と十色の関係を疑っているらしい。

テスト期間中もたまに見られているのには気づいていた。けどまぁ無視していれば夏休みに入り、ほとぼりが冷めるだろうと思っていたのだ。

……全くそんなことはなかったようだ。

「学校だと休み時間忙しいフリなんかして、あまり近づかないようにできてたけど、この旅行中はそうはいかないから……。正市、さっそく行くよ」

「お、おう」

実はこういう事態を想定して、十色がいくつか恋人ムーブを考えてくれていた。俺はまだ事前に準備が必要なもの以外、どんな内容の作戦があるのか全ては聞かされていないが。

十色がスマホをついついと操作し、こちらに画面を見せてくる。

「列車内はこれで行くよ！」

小声でそう言われ、俺は差し出されたスマホを覗きこんだ。

『さり気ないスキンシップを増やしてカップルアピール』

画面に表示されたメモ帳には、そんな一文が記されていた。

「……スキンシップ？」

俺が首を捻ると、十色がこくこく頷いてくる。

「いや、頷かれても……。スキンシップって何すればいいんだ？」

「あらあら、お子様の正市きゅんにはまだ早かったかなー？　お姉さんが教えてあげよう」

　十色はどこか得意げに人差し指を立てる。

「百科事典によるとね、スキンシップは、お互いの身体や肌の一部を触れ合わせることにより親密感を高め、一体感を共有し合う行為なんだって。これがカップルの仲よしの秘訣なんだって」

「お姉さん、めちゃめちゃ下調べしてるじゃねぇか！」

「だからね！」

　俺のツッコみは無視して、十色ががばりとこちらを向く。それから両手で、俺の右手を取ってきた。

　何をするのかと思えば、その手を、彼女のスカートに覆われた太腿の上にぽふっと乗せられる。

「……えっと」

　状況がわからず、俺はちらりと十色を見る。乗せているだけなのに、その太腿の細さと弾むような弾力が手に伝わってくる。

「…………」

　彼女はなぜか背筋を伸ばし、俯き加減に口をきゅっと結んでいた。

「……え、終わり？」

「終わりじゃないよ！　早く、触って……」

触って⁉

俺が、触る？　十色の？　どこを⁉

この太腿に置かれた手を動かせばいいのだろうか。

そっと探るように指先を動かすと、スカートの生地がさわりと動く。瞬間、十色がぴくっと身を震わせた。

「こ、こんな感じか？」

慌てて訊ねながら十色の顔を見ると、その頬が朱色に染まっていた。

「い、一旦離して……」

「お前、自滅してないか……」

言いながら、俺はそっと慎重に彼女の太腿から手を引っこめる。

なんだこの状況、こっちまで恥ずかしくなってきた。

「あ、改めてこういうことすると、なんか変な感じだね」

「そ、そうだな。ボディタッチくらいなら、普段からあるもんな」

並んでレースゲームなんかをしていると、カーブの度に十色が身体をぶつけてくるし、二人で一冊の漫画を読むときなんかも、毎回自然と肩が触れ合っている。俺が寝転んでスマホゲームをしているときに、十色も寝転んで俺の腹を枕にしてくるなんてことも。

ただ、考えてみれば、それらをボディタッチと呼ぶのは少し違う気がする。

こう改まって相手に触れようとすると、どうにもどぎまぎ変な緊張をしてしまう。

「ど、どうするんだ？」

「そ、そだね。正市、あとは頼んだ」

「ぶん投げられた！」

こんなとき、イケメンのリア充なら、自然と腰に手なんか回して、耳元で甘い言葉を囁いたりするんだろうか。他にはそっと頭を抱いて、自分の胸に抱き寄せて……。いつか見た洋画でそんなシーンがあったっけ。

多分、それをやっても十色は怒らないだろう。目の前に可愛い女の子がいて、このチャンス、それをやらない方がおかしいのだろうか。

「じゃあ……」

俺はそう一言置いて、十色の顔へ手を伸ばす。

そして、そっと彼女の髪の毛の先に指で触れた。首元近くの、赤っぽく染められたインナーカラーの辺り。

十色が少し瞳を大きくして、それからくすぐったそうに目を細める。

許されているにもかかわらず、俺にはそんな大それたイケメンムーブはできなかった。

これが限界だ。

それに、なんとなくだけど、今の俺たちにはこのくらいが正解の気がした。

「……その辺、髪の毛ぱさぱさじゃない？　結構脱色してるから」

「そうかな。……さらさらだぞ」

もう少しよく見ようと、手で髪を掬う。その際、指の関節がちょんと十色のうなじにあたってしまった。彼女はぴくっと肩をあげ、それからくすくすとどこかおかしそうに笑う。

「いくら正市でも、こんなとこ触られるのは初めてだ」

「そりゃ、日常生活ではな……」

こんなところ、まず触れるようなことがない場所だ。

恋人ムーブでも、ない限り……。

十色はじっと俺に触れられるのに身を任せている。その姿は従順に、俺に身を委ねてくれているような。それでも俺は、しばらく彼女の毛先をちょろちょろいじっていた。

そんな時間が、続いていたときだった。

「おうおうおう、わざとらしくいーちゃこらしてくれちゃって」

少し高めのハスキーボイスが、急に俺たちに降ってきた。

驚いて首を向けると、前の座席の背もたれの上から、まゆ子が俺たちのことを見下ろしていた。

猿賀谷の隣の、知らないおじさんが座っていた席だ。今は席を立っているようで、そこにまゆ子が滑りこんできたということらしい。

「わざとらしい？　いつもこんな感じだよ？」

十色が「ねっ」とこちらに相槌を求めてくる。「そうだな」と俺は合わせて頷いた。

「いーや、怪しいんだよなぁ。といろんって性格的に、人前でそんな見せつけてラブラブするようなタイプじゃないと思うんだよねぇ。その辺りの分別はわきまえてるっていうか」

なるほど、と俺は思った。この点に関しては、まゆ子に同意かもしれない。

あくまでこれは、仮初カップルの演技である。十色を褒めるわけではないが、彼女は外では周囲に気を遣う方だし、意外と物事の本質をきっちりと考えている。恋人同士のスキンシップは大切だけど、それをわざわざ人前でする意味がわからないと考えるタイプだ。

あと、十色のこと『といろん』ってあだ名で呼んでるんだな。

「またそんなこと言って……。ちゃんとつき合ってるから、こんなことをするんだよ」

そう言って、俺の腕を軽く抱くようにとってくる十色。

「だいたい、つき合ってなかったらこの関係はなんなのって話でしょ？」

「うーん、お金の関係？」

「んなわけないじゃん！　最近毎日疑われて、濡れ衣が普段着みたいになってるよ」

「といろんが白状しないいんだもん。毎日びしょびしょにしてやる」

猿賀谷が「びしょびしょ⁉」とまゆ子の隣の席から顔を出す。落ち着け、何もお前が期待するようなことは起こっていない。

「そもそもやっぱ、といろんと真園っちが異色すぎるというか異文化交流チックというか。違和感があるよね。みんな薄々感じてると思うけど」

まゆ子はびしっと、厳しいところに切りこんでくる。そこは俺が一番気にして手を入れていたところだ。というか、俺は『真園っち』と呼ばれているのか。

俺がなんとか言い繕おうとしていたところ、むむむっとまゆ子が俺の方を見てくる。

「そのいい感じの服装とか髪型とか姿勢とかも、十色とつき合いだしてから変わったじゃんね。てことは、といろんが真園っちをプロデュースしてる？　わからないけど、なんか訳ありっぽいんだよなぁ」

俺はぐぬっと口を噤む。まゆ子の言うことは、全て正解だ。十色も「そんなことないよ？」と、平行線となる否定を繰り返すことしかできない。

「二人はさ、つき合ってどのくらいだ？」

不意に話を変えるように、まゆ子がそんなことを訊いてきた。

「え、えと、もうすぐ三ヶ月くらいだね」

十色が答えると、まゆ子は目を瞑って何やらこくこくと頷く。

「ふんふん、それじゃあもうそろそろ倦怠期とかきちゃう頃かもな」

「倦怠期？」

十色が疑問符交じりで繰り返す前で、猿賀谷が「あー」と声を伸ばした。

「そいつは聞いたことがあるなぁ。カップルは三ヶ月ごとに波がくるって、あれだろう？特につき合いたてのカップルは相手の嫌なところが見えてきたり、最初嬉しくてべたべたしすぎて急に疲れてしまったり、なんて。お二人さんは、そういうのはまだないのかい？」

俺と十色は顔を見合わせ、それから首を傾げた。

「やっぱ、怪しいなぁ」

まゆ子がじとっとした目を俺たちに向けてくる。

そのとき、十色の肘が俺の身体につんと触れた。はっとして十色の顔を見ると、俺にだけわかるような寸刻の目配せを送ってくる。

これは、作戦開始の合図だ。

十色主導で、事前に仕込(しこ)みをしておいた。旅行初日からここまで疑っているアピールをされて、反撃(はんげき)しないわけにはいかないだろう。

「……ま、そんなのそれぞれのカップルによるでしょー。三ヶ月経(た)ってもラブラブなカップルだって、いっぱいいると思うよ？」

そう言いながら、十色が鞄(かばん)の中を漁(あさ)り出した。取り出したのは、いつも小物を入れて持ち歩いているポーチだ。チャックにつけているストラップを引っ張ってポーチを開け、「あ」と小さく呟く。

「スマホのポータブルバッテリー忘れちゃった！　正市持ってる？」

「ああ、確か」

十色のそのフリに応じ、俺も鞄に用意していたポーチを取り出す。まゆ子から「あっ！」という声が漏(も)れた。

「そ、それ！　まさか、お揃(そろ)い……」

まゆ子が俺のポーチにつけていた、ストラップを指さす。

「ああ、そうだぞ」

言いながら、「なっ」と俺が十色の顔を見れば、十色も照れたような表情を作りながら頷く。

「お、おそろのストラップ、それも、お互いのイニシャルを交換してつけるなんて……まさにつき合い立てで周りが見えていないカップルがやりがちな所業……」

「い、いやぁ。そうなのかな」

「まさに、そうだ。その時期のカップルは、とにかく二人の繋がりを作りたがる。それと同時に、その繋がりを周囲に見せつけることで、相手に悪い虫が寄りつかないよう牽制する意味合いも。イニシャルストラップは、その典型。だけど、実際につけてる人がいるとは。びっくりしたぞ」

「そ、そこまで深く考えてつけてはないけどね？」

変なところで急にテンションが上がったまゆ子に、十色が若干狼狽えながら返答する。にしても、微妙にバカにされているような気がするのは気のせいか？

このアイデアは、十色がネットで仕入れてきた情報に基づくものだった。『M』と『T』のアルファベットのストラップを通販で購入し、俺が『T』、十色が『M』の方を持つことで、つき合い始めでお互いのイニシャルでいいから身に着けていたいという熱々のカップル心を演出したのだが。

もしかして、こんなのあまりつけてる人いなかったのかな。確かに俺も見たことはない。いやまぁ、他人の持ちものをそこまでまじまじ見る機会もないんだけど……。

　十色自身も、恋愛経験が豊富なわけではない。あくまでこれは、ネットなんかの情報を鵜呑みに参考にしたものだ。それでも、

「つき合って一ヶ月の記念に買ったんだ。わたしの宝物！」

　十色は恥じらうような顔をしつつも、まゆ子相手に堂々と振舞っている。そうされると、まゆ子の方も反論はし辛い。

「で、でも、やっぱ、なんかといろんらしくないっていうか――」

　それでもまゆ子が、俺たちの粗を探そうと口を挟んできたときだった。

「こぉら、チビまゆ。本人たちがつき合ってるって言ってんだから、もういいでしょ」

　横から現れた中曽根が、まゆ子の首根っこを掴んで席から立たす。

「ちょこまかいなくなったと思ったら、人の席に居座って。ほら、戻るよ。ここの席の人が戻ってくる。ごめんね、十色、この子はこっちで面倒見とくね」

　続けてそう言って、こちらに苦い笑みを浮かべて見せつつ、まゆ子をそのまま引っ張っていった。

「ファビュラス様の言うことは絶対なんだもーん」

　そんなことを叫びながら、連行されていくまゆ子。さながら宗教迫害の現場を見ているようだ。

そしてどうも、中曽根は俺たちのことをサポートしてくれるらしい。彼女にもいろいろと疑われたりはしていたが、今はなんとか俺が彼氏だと認めてもらえているようだ。

席の周りが静かになり、俺はようやく肩の力を抜くことができた。今回はなんとか、乗り越えられたようだ。いつの間にか背筋を伸ばしていたみたいで、久しぶりに背もたれに身体を預ける。

十色も脱力するように、「くはー」と大きく息をついていた。

「……まゆちゃん、悪い子じゃないんだよ？」

「それはなんとなくわかるけど……。でもまぁ、ちょっと変わった奴だよな」

俺が言うと、十色はふふっと笑う。

それから俺の耳元に口を寄せ、小声で囁いてきた。

「一応やっとく？　初々しいカップルの、初めての倦怠期ムーブ」

「いや、それはわざわざいいだろ」

「おっ、正市、わたしに冷たくされるとしゃみしいのかな？」

「そんなこと言っていいのか？　お前、今やってるRPGのデータ、俺ん家の本体のストレージに保存されてんだぞ？　倦怠期ムーブするなら俺の家にもこないんだよな？」

「ひ、人質？　わたしのセーブデータに何する気⁉」

「街を一つ進める」

「やめてぇ、せめてレベル上げだけにしてぇ」

やっとゲームをクリアし万感の思いでエンディングを眺めていると、ゲームのイベントを振り返る映像の中、ぽつぽつと記憶にない思い出が交ざってくるのだ。これほどもやもやするものはない。幼い頃、十色と二人で交替をしながらＲＰＧをしたことがあり、その際に味わった悲劇だった。

あと、レベル上げは普通に感謝される行為だろ。

そんなことを言っているうちにも、車窓の外は景色がどんどんと流れていく。次に俺が窓の外に目をやったとき、列車は丁度緑のトンネルを抜けるところだった。

夏の太陽の光にきらめく海が、窓一面に広がった。

列車から降り改札を抜けると、潮の香りを孕んだ風にふわりと身を包まれた。駅自体が高台にあり、そのおかげか少し離れたところにある青い海と真っ白な砂浜が一望できる。

「オー、シャン、ビュー！」

「いえーい！　海、の、眺めー！」

猿賀谷が片手を突き出し大きく前にジャンプしながら叫ぶと、まゆ子がその和訳を叫びながらあとに続いた。

「おー、みんなテンション高いねー！」

そう言って十色もぴょんとジャンプを一つ、駅から飛び出していく。海岸へと続いている、階段へ。

夏、海、旅行。そしてそのシチュエーションと時間を共有する仲間たち。

俺もなんとかその雰囲気に順応しようと、前に続いて勢いよく駅から一歩を踏み出した。

しかし、他のメンバーのような発言やアクションが思い浮かばず、謎に手を振り上げながら無言で急いでいる奴みたいになってしまった。

　そして、そんな俺の背中に、駅の入口で一人突っ立ったままスマホをいじっていた中曽(なかそ)根(ね)の声が届く。

「そっちじゃなくて、反対の道をちょっと登っていったところにあるみたいよ。旅館」

　……マジかよ、もうちょっと早く言ってくれ。俺のかいた恥(はじ)の供養(くよう)は誰(だれ)がやってくれるんだ。

　その中曽根の言葉は他の三人にも届いていたらしく、みんな回れ右をして戻(もど)ってくる。中曽根の開く地図アプリを頼(たよ)りながら、揃って緩やかな坂道をのぼっていった。

　……どうも中曽根の奴、友人たちの中では保護者ポジションっぽい。意外だ。アホの子キャラだと思っていたのに。

　五分ほど歩いた頃(ころ)、道を曲がった先に目的の旅館が見えてきた。

　木組みの格子壁(こうしかべ)で飾(かざ)られた、落ち着いた佇(たたず)まいの三階建ての建物。入口の脇(わき)には、木の壁(かべ)に彫(ほ)りこまれた大きな三日月が浮かんで見える。かなり新しい建物のようで、この前テレビか何かで見た和モダンという言葉が思い浮かんだ。

　入口には縹色(はなだいろ)の暖簾(のれん)がかけられており、その下には飛び石が敷(し)かれ奥(おく)に続いているのが見て取れる。暖簾には、『旅館　海月邸(くらげてい)』と書かれていた。

「ここだね」

スマホを下ろして旅館の外観を眺めながら、中曽根が言う。

「えー、すごっ、ここに泊まれるの？」

「めちゃめちゃ豪華じゃん！　やばい、リッチ！」

十色はそわそわと落ち着かないように辺りを見回し、まゆ子は数歩下がってスマホで建物の写真を撮り始める。

バイト期間中は、タダで泊まる場所を用意してもらえるという話だった。にしても、こんなに立派な宿だとは思ってもいなかった。

建物自体が少し高台にあり、海に面した部屋では遮るものがなく水平線まで拝めるのではないだろうか。畳の部屋の奥に広がる、窓一面の絶景。想像するだけで波の音まで聞こえてきそうな迫力がある。

「おいおい、正市の旦那。なんだか興奮してきたな」

そんなことを言いながら肩を組んでくる猿賀谷にも、今だけは同意してしまう。

もし露天風呂なんてついてたらどうしよう。朝陽を見ながら風呂に入るのに憧れていたので、気合を入れて早起きしちゃう。普段、旅行に行きたいとは別に思わないが、強いていくなら温泉というくらい温泉は好きだ。……好きと言っていいのかそれは。

自分で自分に謎のツッコみを入れ、俺自身もテンションが上がっていることを自覚する。

そんなときだった。

旅館の暖簾がぴらりと開き、一人の女性が顔を出した。

「……みなさん、もしかしてアルバイトの方でしょうか？」

女性は恐るおそるといった口調で言って、俺たちを見回す。

「あっ、はい、そうですそうです！」

そう十色が顔の横に手の平を上げながら言うと、女性はほっとしたように破顔した。それから暖簾を軽くくぐり、草履の足でぱたぱたと飛び石の上を歩いてくる。雀の飛んだ小紋の着物に、藤色の帯。とても整った目鼻立ちをしており、髪を夜会巻きにしている分、顔の小ささが際立っている。

──こんな美人な人も働いてるんだな。

小柄ながら、その背筋の伸びた綺麗な立ち姿から凛とした雰囲気を放っており、この旅館の広告を作るなら絶対にモデルはこの人一択だと俺は思った。

そんな女性が俺たちのもとに近づいてきて──俺の顔を見て、目尻の下がった穏やかな笑みを浮かべてきた。

「あー、あなたが正市くんですね」

ん？

「一度、お会いしたことあるの、覚えてますか？」

んんん？

俺は訳がわからず眉を顰める。同行者四人からの視線がぷすぷす刺さるのがわかる。

こんな美人なお姉さんと、どこかでお知り合いだったのか？　でも、全く記憶にない。

「八年……九年前のことになるのかな。でも、すぐにわかりました。目元とか、せりちゃんにそっくりです」

姉の名前が出てきて、俺はハッと気づく。

「……もしかして、宮内オーナーですか？」

「オーナーなんてやめてください。なんか偉そうでしょ？　下の名前が小春っていうんだけど、そっちは可愛いので、気軽に小春さんって呼んでください」

小春さんはそう言って、また和やかに微笑む。

宮内小春。その名前は姉から聞いていた。今回バイトを募集していたオーナーだ。

ただ、この人が、星里奈が不良時代から慕っている先輩……？　全然そんなふうに見えない。俺にじろじろ見られ、きょとんとした丸い目で不思議そうに首を傾げる小春さんからは、不良の「不」の字も見つからずただただ純粋な「良」。なので、最初に暖簾から顔を出した際も、彼女が話に聞いていたオーナーだとは思いもしなかった。

　他の四人は俺のそんな戸惑いなど露知らず、呑気に小春さんと話し始めている。

「こんなに大勢で押しかけちゃってすいません。せーちゃんから、友達も誘ってほしいって言われて、けどこんなに増えちゃってよかったのかなって思ったりもして」

「大丈夫ですよー、これでも人数が足りないくらい。あ、あなたが十色ちゃんですね？　せりちゃんから聞いてます。愛しの妹が行くから可愛がってくれって」

「そうなんですか？　やははは」

　可愛がると聞いてか、どこか照れたように笑う十色。だが俺には、可愛がる＝いわゆる『しごき』の婉曲にしか聞こえなかった。

「あんまりバイトとか経験ないんですけど。四日間、よろしくお願いします」

　今度は中曽根が一歩前に出て、丁寧に頭を下げる。

「大丈夫です。全部丁寧に教えるので、頑張ってください。よろしくね」

　よろしくね、と敬語を外し、にっこりとハートマークがつくような笑顔だった。

「が、頑張ります！」

　バイトに緊張していたのか、小春さんに優しい言葉をかけてもらいほっとしたような表情を浮かべる中曽根。ただ俺にはそのよろしくが、『夜露死苦』に思える。重症だ。

今は全くヤンキー要素が見受けられない小春さん。

数年の間で改心したのか。それとも漫画なんかでたまにいる、普通っぽい見た目だけど中身はクレイジーな強キャラタイプか。

俺がそんなことを考えていると、猿賀谷が「はいはーい」と手を挙げる。

「小春お姉さんは、正市の野郎とお知り合いなんですかい？」

おい、ちょっと俺の呼び方に恨みがこもってるぞ。大丈夫だ、こんな美人とご関係なんて一ミリもない。会った記憶すらないのだ。羨む必要なんて一ミクロンもない。

「一度だけ、ね。まだ私が高校生のとき、手をケガしちゃって。その手当てのために、正市くんのお姉さんにお家に上がらせてもらったことがあるんです。そのとき、正市くんとも挨拶をさせてもらいました」

「懐かしいねー」とでも言いたそうに、小春さんは俺の方を見て笑いかけてくる。

一方、俺の脳内は急速に回転を始めていた。小春さんの言葉がきっかけに、過去の記憶が頭の底から浮かび上がってくる。

……会ったこと、あった。多分、あのときだ。

夜、姉が急に拳をケガした女の人を家につれてきたことがあったのだ。丁度そのときリビングに居合わせた俺は、その人が姉と風呂場に行ってシャワーで血を流す間、タオルを用意するという仕事を姉に命じられたのだ。

その女の人の髪はショートカットで、服装も学校の制服姿だった。見た目からでは、今の小春さんが同一人物とは決して思い至らないだろう。

そして、さらに思い出したのは、そのとき彼女が手をケガしていた理由である。

『あちゃー、これ骨までイッちゃってるねー。車の窓ってあんなに固いんだ』

ツッコみどころは多数ある。

まず、そもそも何と戦ってるんだ。車の窓を殴(なぐ)ったってこと？

次に、切り傷があるってことは窓ガラスに打ち勝ったってこと？　どんなパンチ力してるんだ⁉

最後に、なんだその漫画みたいなセリフは。しかも、ケガした手をぷらぷらしながら何気ない顔して言えるのは漫画の中でもクレイジー寄りなキャラだぞ？　普通もっと痛がる。

結局、記憶が蘇(よみがえ)ったはいいものの、恐怖(きょうふ)が増しただけだった。

今は旅館や海の家のオーナーをしているくらいだし、更生(こうせい)してくれていると信じたい。

俺がそんなことを考えていると、

「にしても、こんな綺麗なところに泊まれるなんて最高だなー。ありがとうございます」

そんなまゆ子の弾んだ声が耳に入ってきた。

気になったのは、小春さんの反応だった。なぜか目を横に逸らし、苦々しく口元を歪めている。

「……前の道路ではしゃぐ声が聞こえてきたとき、申し訳ないことしたなと思ったんです。集合場所を駅にして、私から迎えにいった方がよかったかなって」

「……ほ？」

まゆ子が目をぱちぱちとさせ、小さく首を捻る。

「こちらの建物は一昨年にできた新館なんですけど、夏の間はお客さんがいっぱいで。それで、今回みなさんに泊まっていただくのは、旧館……あちらの建物なんです。期待させてしまってごめんなさい」

小春さんが頭を下げ、それからちらりと首を左に向けた。その目線を追うように、俺たちもそちらの方向を見る。

細い坂を五〇メートルほど登っていった先、今度は明らかに年季の入った木造瓦屋根の建物が見えた。レトロとも言えるのではと思ったが、道路から見えるように掲げられている『海月邸』の看板が錆びて傾いている。

「わ、和風だー。わっふー」

十色よ、その空元気ならぬ空喜びはやめろ。見え見えすぎる。

「タダで泊めてもらうわけだし、全然大丈夫です。ありがとうございます。ゆ、幽霊とかって出ませんよね？」

さすが中曽根、メンバー代表として大人な一面を発揮してくれた。ただ、建物を見て幽霊の心配をするって中々の失礼さだぞ。意外とお化けとか信じちゃうタイプなのかな。

「な、中は綺麗なんですよ。お友達が遊びにきた際はあちらに泊まってもらっていますし、わたしもよく夜が遅い日はお部屋を使わせてもらっています。それに、お風呂や食堂は、新館の方を使っていただくので。ほんとに寝るときだけ、あちらで我慢してください」

「はいはーい！　大事なことを聞かせてもらいます。ズバリ、お風呂は混浴ですか？」

猿賀谷がそんなくだらない質問をして、いつも通り女子たちが白い目を向ける。

「そうですねぇ、残念ながら館内に混浴はありません。あ、よかったら海にでも入ってきてはいかがですか？　あそこは男女関係ありません。でも、夜に裸の女の子が海に入っていたとしたら、その子は本当に幽霊かもしれませんねぇ」

そう返して、意地悪そうにくすっと笑う小春さん。

どうやら、すでに猿賀谷の扱い方を理解しているようである。心強い。

「ふむぅ、幽霊はどうでしょう。タイプな女性ならいいんですが……」

「いや、いいんかい！」

猿賀谷のセリフにまゆ子が突っこみ、笑いが起きた。

いつの間にか新館旧館の話題は終わっており、それから少しバイトに関する説明を聞いて、俺たちは今日から寝泊まりをする海月邸旧館へと向かっていった。

☆

和室って、なんでこんなに落ち着くんだろう。

わたしはごろんと寝転がった畳の床から、天井板の木目を眺めながらそんなことを考えていた。

わたしの家に和室はない。毎年遊びに行く祖父母の家には一室あるが、飾ってある日本人形が怖くてあまり入ったことがない。畳に触れることが比較的少ない人生だったと言えるだろう。

それなのにこんなに心が休まるのは、遺伝子レベルで刻まれた日本人の性だろうか。

わたしたちは案内された客室で、バイトの時間までのんびりとすごしていた。お昼ご飯は列車で早めに済ませていたため、ゆっくりする時間ができたのだ。

にしても、旅先の旅館なのにいつもの部屋にいるような感覚である。ぼんやりしていたら、聞き慣れたゲームの起動音や、コントローラーの操作音まで錯覚で聞こえてくる。

「よしっ、ついたぞ！　古いテレビだから映るか心配だったけど大丈夫だったな。マジでよかった！」

そんな正市の声に、わたしは首を横に向ける。畳の上に立てられた、ゲーム機本体。その上にあるテレビに映る、ゲームのメニュー画面。

……うん。めちゃめちゃ家だった。

「据え置きゲームの本体を持ってくるとはねぇ」

わたしが言うと、正市はふっと口角を上げて笑う。

「当たり前じゃねぇか。十色もやりたいって言ってただろ？　バイト終わりの夜に」

「まぁ、そりゃあもちろん。でもねぇ、まさかほんとに持ってくるとは」

「中々運ぶの重かったぞ。衝撃を与えないように気を遣うし。それに、旧館と言われたときにはどうなるかと。テレビあるのか!?　ってな」

「いや、ほんとありがとう」

その執念には頭が下がるし、とても感謝している。おかげで、今日の夜の楽しみができた。というか、ゲームを全くしない一日というのが、想像するだけでもやもやするんだよな。不完全燃焼な気分になってしまいそうな気がする。

それに、旅先の旅館であえてするテレビゲームってわくわくする。これも一種の非日常感なんだろうか。

「にしても、同じ部屋でよかったねぇ」

わたしは畳に頬をつけたまま、のんびり調子で口にする。

「ほんとそれだな。おかげで捗りそうだ、オタクライフが。オフラインでも楽しめるやつをピックアップしてきたぞ」

持ってきたソフトを鞄から出しながら、正市が答えた。

わたしが今味わっている実家のような安心感も、正市と同じ部屋にいるからこそ生まれるものである。

純粋に気を遣ってくれたのか、それとも変な悪戯心でも発揮されたのか。せーちゃんが小春さんにわたしたちは恋人同士なので同じ部屋にするよう伝えていたらしい。

ただ、男女二人同じ部屋というのは、結構いろいろと勘繰られたりするもので。

『真園、あんた十色に変なことしたら――待って、いいのか？　二人はカップルなわけで、立派なつがいなわけで……。えっ、いいの？』

『十色、キミはどのような関係で真園っちとそういう行為に至るんだい？　不純だなー。いけないんだー』

うららちゃんとまゆちゃんが口々にそんなことを言ってきた。普段女子同士なら当たり前にするレベルの話だけど、近くで正市が聞いていて、それが無性に恥ずかしかった。

『な、なんもしないし！　ふ、二人の部屋にも遊びに行くね』と急いで言って誤魔化したけど、今思うとなんか照れてる感が出てて余計恥ずかしくなってきた。くそう。

意外と猿賀谷くんが下世話なことを言わず、『正市がいないと俺、一人部屋になっちまう』と寂しがっていたのはちょっと面白かった。

『お二人にはとっておきのお部屋を用意しておきましたー』

と、小春さんに案内されたのは、旧館三階の一番奥の部屋だった。赤い絨毯の廊下を歩いていき、木製の扉をガラガラと開くと、正面の窓は真っ青な色に染まっていた。まるでその広い室内が砂浜で、波がこちらに迫ってきそうなほど海が近い。その上に、雲一つなく澄み渡った空が深く広がっている。

正市の心配は完全に杞憂だったようで、テレビはもちろん、旧館の設備は全てが現役のまま整えられていた。メンテナンスの方も行き届いているようで、テーブルは磨かれしっかりと光沢が出ており、畳の上もほこり一つない。床の間に置かれた壺もぴかぴかだ。

聞けば、目に見えない劣化がさまざまなところで起きているらしい。ここは営業中、一番高い価格の部屋だったらしく、こうして今も特別な客を通すために手入れを続けているため、傷みが目立たないそうだ。

新館の経営がうまくいけば、いつか改装し別館としてオープンさせたいだとか。

「せっかくだしちょっとゲームしていきたいところだけどねぇ」

まだ寝転がってダラダラしながら、わたしは言う。

「そうだなぁ、でももうすぐ時間か……」

正市がちらりとスマホの時計を見て、呟くように返してきた。

わたしたちは一三時から、バイトに出勤することになっていた。初日はお昼のピークを外した時間帯で、仕事の説明をすると小春さんが言っていた。

今、時刻は一二時半をすぎたところ。もう少しごろごろしていたかったが、初っ端から遅刻は絶対にできない。わたしはのそのそと身体を起こす。

「お前、ほっぺた、畳の痕がくっきりついてるぞ」

「げ。やばっ。バイトまでにとれるかな？」

「ぐーたらしてるからだろ。手で揉んどけば取れやすいんじゃないか？　多分」

「多分かい！」

そう言いつつも指の腹で頬を押しながら、わたしは畳の上を歩きだした。営業していた頃はそこにお客さんの浴衣を入れていたのであろう漆塗りの箱に、二人分のバイトTシャツが入れられ、部屋の隅に置かれている。

わたしはTシャツを手に取ってみる。黒地ボディで襟元は丸首、背中に『海月邸』の文字が筆文字フォントでプリントされていた。

わたしはちらっと正市を見て、反応がないのを確かめて口を開く。

「じゃあ、そろそろ着替えよっかなー」

テレビを見ながらコントローラーをいじっていた正市が、顔を上げてわたしを見る。それからすぐに反対側の窓の方に目を逸らした。体勢も変え、身体ごとむこうを向いてくれる。

いつも、正市の部屋で着替えるときは、わたしが持ってきた鞄や服を入れて置いている紙袋を漁りだすと、気づいた正市が反対を向いてくれていた。初めての場所で、お互いまだ勝手を掴めていない。

――なんか変な感じだな。

下は自由で、Tシャツだけ支給のものを着るようにと小春さんが言っていた。鞄から動きやすそうな短パンを取り出し、それから着ていたワンピースを脱ごうとする。

服の袖から腕を抜き、スカート部分を持ち上げようとしたところで、手を止めた。

慣れない場所、初めての環境だからだろうか。そういえば正市と一緒の空間で着替えをするのって、正市の部屋以外では初だ。

——やっぱりちょっといつもと違う。……なんか恥ずかしい。

それでもずっと固まっている訳にはいかなくて、わたしはなぜかあまり物音を立てないようしずしずとワンピースを脱いだ。ブラとパンツという格好だ。

そこでふと思うことがあり、着ようとしていたバイトTシャツを胸に抱きながら考える。

——もしかして、普通のカップルってこういうこと？

つき合いだして三ヶ月くらいの、一般的な、初々しいカップル。

このドキドキが、背中に感じるもぞもぞが、じんわりと広がっていく顔の熱さが、初々しさというやつなのだろうか。

わたしはちらりと横を窺う。正市はしっかりとこちらに背を向けて、待ってくれている。

もし彼が振り返って、今のわたしの姿を見られてしまったら。

想像すると、なんだかお腹の底がきゅっと締まり、全身がぞくぞくとした。

下着姿くらいなら平気のはずなんだけど。

これが、普通のつき合いたてのカップルの、正常な反応なのかな……。

正市があっちを向いてくれているのをいいことに。わたしはしばらくその感覚を味わうように、無意識に動きを止めてしまっていた——。

＊

ど、どうして動きを止めてるんだ？

ま、まさか、バレた――⁉

俺は顔の表情を強張らせたまま固まってしまっていた。背中にぶわりと、嫌な種類の汗が噴き出すのがわかる。

やばい、やばい、どうしてこうなった――。


十色が着替え始めたとき、なぜかいつもより彼女の着替えをする衣擦れの音が気になった。普段と違う部屋。旅先の宿という特殊なシチュエーションで、十色と二人きり。俺はそれを改めて意識して、妙な緊張を感じてしまっていた。

――あれ、なんか調子狂うな。俺だけか？

窓の方を見てそんなことを考えながら、俺は気持ちを落ち着けるようにふぅと息をつく。

そのときだった。

視界の端で、ちらちら揺れる何かに気がついたのだ。

ゲームの設定メニューの状態で、放置されたテレビ画面。その黒い背景とつるつるの画面に反射して、何かが動いている。

横目でそれを見ていた俺は、みるみる内に目を見開いた。

そこに映っていたのは、着替えをする十色の姿だった。丁度ワンピースを持ち上げたところで、正座する足の上に白いパンツの丸いお尻が乗っている。

——お、おい、マジか。

俺は慌てて視線を海へと向ける。まさかこんなトラップがあろうとは。衣擦れの音は続いており、どうやら十色は気づいていないらしい。

俺はもう一度、ちらりとそちらに目を向ける。丁度、十色はワンピースを頭から抜こうとするところだった。綺麗な弧を描く背筋に、いつもお菓子を爆食いしているくせになぜか存在する小さなくびれ。テレビ画面の反射越しでも、肌の白さと滑らかそうな質感が伝わってくる。

——って、いやいや、何当たり前のように見てんだ⁉

俺は再び海を見つめる。心が浄化されるような、綺麗な景色のはずだが——全く脳に入ってこない。

俺の部屋で十色が着替える際、覗き見たことは一度もなかった。というか、そんな考えが芽生えることさえなかった。

十色が着替えだしたら、俺は反対を向いておくのが当たり前。

それでずっと昔から、やってきたのに。

だけどなぜだろう、今は無性に後ろが気になってしまっている。

十色の——仮初の彼女の身体が……。

ダメだとわかっていつつも、視線が吸い寄せられる。

目の周りの筋肉に力を入れ、ぎギギギと音を立てるように視線を横に向けていき、俺はハッと息を呑んで再び前を見た。

画面越しの十色が、まるで胸を隠すように今から着るはずのTシャツを抱き、じっと静止していたのだ。

バレてしまったのだろうか。こそこそチラチラ見ていたのが。

全身が熱いのか寒いのかわからないような感覚になり、溢れた冷や汗が背中を流れる。

——いや、おかしい。

いつもの十色であれば、見られたとわかった時点でこちらに何か言ってくるのではないだろうか。にやにやした顔で、『おやおやぁ、正市きゅん、可愛いかわいい彼女の身体が気になっちゃったのかなぁ』とかなんとか。

それにそもそも、今更下着姿くらいで恥ずかしがることもないだろう。ベッドに転がってスカートがめくれていることなんて日常茶飯事だし、『家に取りに帰るの面倒だから服貸してー』と俺のTシャツを勝手に着て襟元がゆるゆるになっていることもしょっちゅうだ。

ではなぜ、十色は固まっているのだろうか。

ではなぜ、俺は十色の着替えを覗いてしまったのだろうか——。

時間にして一五秒ほどだっただろうか。俺が思考を巡らせているうちに、十色は着替えを再開した。

俺が真っ直ぐ前を見ていると、やがて背中に声がかかる。

「ごめんごめん、お待たせー」

俺が振り返ると、十色は両手で顔をぱたぱた仰ぎながら笑っていた。

「やー、今日あっついねー。外とかもっとやばそう。日焼け止めちゃんと塗っとかなきゃ」

その額には、じんわりと汗をかいているようだ。

なぜだろう、部屋の中は冷房が効いて、とても涼しいのだが……。

「俺も日焼け止めって塗った方がいいのか？　あれだったらまた買いに行こうかな」

「あ、わたしの貸したげるよ！　絶対塗った方がいい！　男の子はメイクしないから、紫外線が皮膚に直接でしょ？　シミとか皺とかできちゃうよ。それに、正市は日に焼けたら黒じゃなくて赤くなるタイプでしょ？　白い肌に目立つから、気をつけた方がいい！」

そう言われて、俺はありがたく日焼け止めを借りることにする。

十色に塗り方を教わって、まずは腕から塗り始めた。

十色は先程の着替えのことは、特に何も言ってこない。

結局、十色の思考も自分の気持ちも読めないまま、その件はただただ俺がラッキースケベに遭遇したということで終わりになりそうだ。

俺は静かに息を吐き、少しだけ目を閉じた。頭の中には暗いテレビ画面に映りこんだ映像が、まだ鮮明に残っていた。

〈5〉この恋人ムーブは、いつか大きな財産に

『拝啓、姉上様。猛暑の候、家のエアコンは快適でしょうか。
先日姉上様からご紹介いただいたアルバイトが、非常にブラックでした。
初めて書くお手紙があなたのもとに届く頃、遺書になっていないことを願います。敬具』

そんな姉への恨みをこめた遺書の内容を思い浮かべている間にも、俺は休むことなく手を動かしていた。お客さんが帰ったあとのテーブルを布巾で吹き上げ、消毒をする。急がないと、途切れず次のお客さんがやってきてしまう。

……えっと、ピークを避けて仕事を教えるとかなんとか、言ってませんでしたっけ。

海月邸の経営する海の家は、海岸に建てられた仮設小屋で営業しており、屋根の下に一〇テーブル、屋外に三テーブルという規模だった。

それらのテーブルが、お昼をすぎても未だ満席。多くのお客さんが食事をテイクアウトしていくにもかかわらず、だ。

初っ端から目の回る忙しさの中に放りこまれパニックになりつつも、俺はとりあえずこれをやっとけと唯一教えてもらったテーブル拭きを、必死にこなしていた。

ちらりと外に目を向けると、ビーチは水着姿の人間で溢れていた。夏の眩しい日差しの中で砂浜の色と合わさって、肌色面積がとても広い。その中に、パラソルの花がぽんぽんと咲き、鮮やかな水着の色がちりばめられている。

これだけ人が溢れていりゃ、繁盛するわけである。

みんな、夏休みは休むもんだぞ。はしゃぐ若者たちにそう心の中で呟きながら、そのセリフがブーメランとなって戻ってきていることに気づく。

早く部屋で休みたい……。

「真園っち！　ダスター持ってきてー」

テーブルを拭き終わった俺が店内をうろうろしていると、店の外からそんな声が飛んできた。見れば、扉が開け放たれた入口のむこうでまゆ子が大きく手を振っている。

「なんだ？　ダスター」

いったいなんのことだろう。俺が首を捻っていると、後ろから優しい声がかかる。

「ダスターはこれのことです。カウンターの裏に綺麗なのがありますから、持って行ってあげてくれますか？」

振り返ると、小春(こはる)さんがふんわりとした笑顔で立っていた。この忙しさの中で、ほっと安心できる表情である。旅館で会ったときに着ていた着物は脱ぎ、俺たちと同じバイトTシャツ姿だ。アップにまとめられていた黒髪(くろかみ)も、今は下ろされ肩(かた)にかかっている。

俺の方に向けられた小春さんの手には、テーブルを拭くときに使う青と白の縞々(しましま)模様の布巾が載(の)せられていた。

「この布巾がダスターですか？」

「そうなの。うちでは布巾と呼んでいるけど、キッチンダスターなんていう商品名があるみたいね」

「なるほど、ありがとうございます。ちょっと持って行ってきます！」

俺はそうお礼を言って、店の奥にあるカウンターの裏へ向かう。さっきまで使っていた布巾を使用済み回収用のバケツに放り、カウンターの上にあるステンレス製の箱から布巾を二枚取り出した。俺の分と、まゆ子の分。

「ダスターを取りだすたー、なんつって」

一人でふと呟き、それから驚愕(きょうがく)する。

なんだ今のしょうもないオヤジギャグは。ダメだ、怒涛(どとう)の忙しさが続き、脳が疲弊(ひへい)している。

布巾は箱に入れる前からすでに、水で濡らして湿らせてある。冷たいそれを手に持って、俺は店の外へ向かった。

まゆ子は両手を腰に当てながら俺を待っていた。

「真園っち、遅い」

「これ、ダスター」

「サンキュー。持ってきてもらう間に机に残ってたゴミ捨てといたから、あとは拭くだけだ。時短ってやつだよ、時短」

若干ドヤ顔で言いながら、まゆ子は受け取った布巾でテーブルを拭き始める。その動きはとても軽快で、テーブル一卓くらいすぐに終わらせてしまいそうだ。あとは任せて離れようかと考えて、しかし俺は少し思うところがありその場に留まった。そして、

「……あー、この布巾がダスターって言うって、どうして知ってるんだ？」

そうまゆ子に、会話を切り出した。

まゆ子が顔を上げ、俺を見て目を瞬かせる。急に俺から話を振られて驚いたのだろうか。

そもそもいきなり質問から入るって、会話の始まりとして変だっただろうか。

こちらから誰かに話を振るという経験値が少なすぎて正解がわからない。

まゆ子はしばし俺の方を見ながら止まっていたが、やがて「あー」と得心のいったよう

な声を出した。

「これ、小春さんは布巾って呼んでたな。いやさ、普段のバイト先じゃこいつはダスターなんだよ。モノは全く同じなんだけど、呼び方だけ違う感じ？」

「へ、へぇ。他にもバイトやってるんだな。何やってるんだ？」

俺はなんとか、会話を繋ぐ。

「飲食。回転ずしの屋のホール」

「あー、なるほど。テーブルの吹き上げとか、手際がいいと思ったんだ」

「……出ちゃってたかい？　こなれ感」

「こ、こなれ……？　あ、あー、出てたでてた」

そこまで喋ったところで、まゆ子が再び俺の方を見つめてきた。いつの間にかテーブル拭きは終わっている。

「どしたの？　真園っち」

「ん？　どうしたって？」

「いや、なんでわざわざあたしに話しかけにきたのかなーって。真園っちって、自分からクラスの女子なんかに絡みにいくタイプじゃないでしょ」

まゆ子は「んんー？」と首を傾げながら俺に問いかけてくる。

鋭いな。いや、学校での俺のキャラを知っていれば、違和感を持って当たり前のところか。だがそれを本人に直接ぶつけてくるのが、まゆ子らしい。

「ははん。さてはあんたも、自分といろんながつき合ってるってあたしにアピールしてくるつもりだな？　あんたらがなんのつもりか知らないけど、そんな攻撃あたしには効かないぞ？　ファビュラス様のご加護があるからな」

続けてまゆ子が変な疑いをかけてきて、俺は慌てて首を横に振る。

「どんな攻撃だよ！　別に、シンプルに気になったから訊いただけだよ。それに、クラスの女子じゃなくて、数日間はバイト仲間だろ？」

あとご加護なんて言葉、ゲームの中の教会でしか聞いたことなかったぞ。

まゆ子はしばらくの間、眉根を寄せた懐疑的な目を俺に向けていた。

「……シンプルに気になった？」

「ああ。俺たちの中で、明らかに一人だけ動きが違ったからな」

「あーね、なんかやってんなーって？　ま、いつものバイトと仕事内容はほぼ同じだからなー」

疑いは捨てきれないまま、探りさぐりといった感じに会話が再開される。

「た、体力もまだまだ有り余ってそうだな」

「そうかい？　いつもバイトじゃ五時間くらい立ちっぱだからな。てかそもそも、まだ仕事始まったばっかじゃん」

「そう言われちゃそうだけど」

わかってる。俺の体力がないだけなのだ。

学校への通学以外、極力引きこもってすごしてきたツケである。脳内にある草原や山を走り回った記憶は、全てRPGの世界のものだ。

「ま、あたしより、あの子の方が動き回ってるけどな」

そう言って、まゆ子がちらりと店内に目をやる。その視線の先を追うと、ポニーテールにした金髪を翻しながらせかせかと動く女子の姿が見えた。

「中曽根か」

俺が呟くと、まゆ子が頷く。

「うららん、バイト初めてだから緊張してるみたい。一生懸命動いてるのが伝わってくるねぇ。万歩計つけてたら絶対一位だな」

先程も少し感じたが、中曽根がバイトに緊張しているのは本当らしい。クラス一のギャルも緊張することがあるのか。コミュ力の高いリア充連中は、こういったことも得意なのかと思っていたが。

丁度お客さんに何か言われ、ぺこぺこ頭を下げている中曽根に、なんだか親近感が湧いてくる。

ちなみに、まゆ子の中曽根のあだ名は『うららん』らしい。

「ま、うららんはちょこちょこ動き回っても、テニス部で鍛えてるから大丈夫でしょ。問題はあんたら二人だねぇ」

そう言って、まゆ子は俺を顎で指してくる。

「そうだなぁ……」

俺は答えながら、ちらりと店内の方へ視線を流した。

今、俺と一緒に『あんたら』という言葉でまとめられる人物といえば彼女しかいない。

窓越しに、店の隅の方にいるその姿を見つける。

ちなみに猿賀谷は、今日は皿洗い担当のパートさんが急遽休みになったということでキッチンの方を頼まれていた。基本的には、料理が主のキッチンを旅館で働くメンバー、ホールを短期で募集したバイトに任せて営業しているそうだ。小春さんがその両方を行ききして、うまく間を取り持っているらしい。

「お似合い、とは違う意味で、あんたらってなんか似てるよな」

ぽつりと呟くようにまゆ子が言って、俺は「え？」と訊き返した。

決して聞こえなかったわけではなくて、そのセリフの真意を聞きたかったのだが、

「あ、お客さんきたぞ。仕事しごとっと」

店の入口をくぐろうとする男女ペアがあり、まゆ子は布巾を持ったまま駆け寄っていってしまう。あくまで今はバイト中、こんなお喋りは二の次で、職務を優先するのは当然のことだ。

俺も仕事に戻ろうと、踵を返す。ふと窓の方を見ると、さっきは確認できた彼女——十色の姿が今は消えていた。

店の中に入ると、まず辺りを見回して十色の姿を捜す。果たして、十色は先程と同じ店の隅にいた。窓から見えなくなっていたのは、その場にしゃがみこんでいたからのようだ。

どうしたんだ……？

気になって、俺はそちらに近づいてみる。すると、十色のしゃがむ目の前に、小さな男の子が立っていた。近くで会話に花を咲かせているお姉さん同士のテーブルに、空いた子供椅子が一脚見て取れる。どうやら暇を持て余したちびっ子のお客さんと、会話をしていたようだ。

「へぇ、今の子ってもうゲームするんだねぇ。ちなみにお姉さん、そのゲームのリメイクじゃないやつを小さい頃やってたよ？」

「りめいく？」

前髪ぱっつんで車の絵のプリントTシャツを着た男の子が、不思議そうに首を傾げる。見たところ、小学校に上がる前くらいの年だろうか。まだリメイクという言葉はわからないようだ。

「そうそう。過去の作品を改良しながら作り直すのがリメイクだよ。昔、同じゲームがあって、キミが持ってるのはその新しい版ってことだ」

「ふーん。よくわかんなーい。お姉さん、ゲーム弱そう」

十色さん……。わざわざ目線を合わせて会話をして、めちゃめちゃ煽られていた。

「よ、よわ、弱くないよ？　結構やりこんだんだから。最近の子は怖いねぇ、ボクいくつ？」

「えっとねぇ、いち、に、さん、よんさい！」

一本ずつ短い指を折って、年を数える仕草を見せる男の子。そうやって親から年を覚えさせてもらっているのだろうか。

「お姉さんはー？」

「ん？　わたしはねー、いち、に、さん、し――」

「いや、お前は数えなくてもわかるだろ！」

そこで思わず、横から口を出してしまった。何本指を折っていく気だ。

十色が顔を上げて俺を見て、パッと表情を輝かせる。

「あ、正市、いいところにきた。今の話聞いてた？　この子にオリジナル版のよさを布教したいんだけど」

「広めたところで、そのソフトをやるハードを持ってないだろ。もう一〇年以上前のゲームだぞ」

「あー、確かにそっかー」

十色が「じゃあどうすれば」なんて言っている間に、男の子が母親のそばに戻っていく。

「あっ、お客さまー」

と、男の子の方へ手を伸ばす十色。

「お前、何してたんだ？　あんなちびっ子とゲームの話なんかして」

俺がそう訊ねると、男の子の姿を見送った十色が膝に手を突きゆっくりと立ち上がった。

「何って、接客だよ？　子供と会話って難しいねぇ。やっぱし世代が違うとプレイしてるゲームも違うし。あと、目線を合わせるのにしゃがむのが大変」

言いながら、どこか大袈裟に腰をさすって見せる十色。それから、きょろきょろと店内に視線を巡らせる。

「さて、次のちびっ子はどこにいるのかなー」

「お前、接客と言いつつ子供とゲームの話してたいだけだろ！」

　俺は再びツッコんでしまった。

　しかしながら、それも接客と言われると正面からの否定が難しい。なんて高度なサボり方なんだ。なんなら実はしゃがんで体力を回復していた説まである。

　すると十色が、少し苦みを含んだ笑みを浮かべた。

「ほんとのこと言うと、ちょっと疲れちゃってさー。バイトってこんなに大変なんだね」

「あー、それはとても同感だ。俺もすでにちょっと足が棒状になりかけてる」

「わたしもわたしも。高校一年の夏休みという青春の大半をベッドの上で消費してきたわたしたちにはきつい試練だよ、これは」

　十色は「やはは」と小さく笑い、続けて口を動かす。

「そんでね、小春さんが、ちびっ子を見かけたら積極的に話しかけてあげてって。遊園地のクルーってわけじゃないけど、この海の思い出を楽しいものにしてあげてって言ってたから。ちょっとちびっ子と話して体力を回復しよっかなーって」

　なるほど。それで、仕事として子供を探す方にも重点を置いていたわけか。

　本人にも少しサボりの意識はあったようだが、事情を聞けば、それはそこまで責められるものでもない。変に疑ってしまって申しわけない。

「そういうことか。体調の方は大丈夫なのか？」

「それは大丈夫。昔のわたしとは違うからね！」

「そうか」

十色には生まれつき病気がちだった過去がある。今はもう十分身体が強くなったようだが、幼い頃からしょっちゅう病院にいく姿を見てきたことから、こういうときはどうしても心配になってしまう。

「あ、あそこの新しく入ったお客さん、メニュー置いたねぇ。注文で呼ばれるかも」

十色がふとカウンター近くのテーブルに目を留め、そう口にする。

「もう注文取りのスキル習得したのか？　俺まだテーブル拭きしか教えてもらってないんだけど」

「あ、わたしもとりあえずテーブル拭きだけやってたんだけど、近くのお客さんに声かけられてさ。注文したいって言われて、そのままオーダー聞いちゃって。それでどうすればいいか小春さんに訊いたら、それをそのままキッチンに伝えてって言われて。なし崩し的にマスターしちゃった感じ？」

ほぉ、と俺は喉の奥で唸る。十色は持ち前の要領のよさで仕事を身につけていっているらしかった。

心春さんからは、ひとまずテーブル拭きで店の雰囲気に慣れてと言われていたけど……。やばい、俺も早く成長しなければ。

そんな話をしていると、十色の予想通り、カウンター近くの席のお客さんが顔を上げて店内を見回し始める。近くの店員を探しているのは明確で、「出陣だね」と十色が小さく言い残し、笑顔でそちらに近づいていく。

取り残された俺は、ひとまず注文の取り方を覚えようと、彼女の背中を眺めていた。


実は俺は今回のバイト期間に、一つの目標を持って挑んでいた。

同行したメンバーたち——特にまゆ子に、十色に釣り合う男だと思われるよう頑張る。仕事面で頼れるところを見せると共に、コミュニケーション面でも、十色がこの前言っていた『彼氏が彼女の友達と仲よくしてくれるのはいいことだ』という言葉から、女子ともなんとか普通に話せるよう努力しようと決めていたのだ。

ただ今のところ、仕事では遅れを取ってしまっているし、まゆ子にこちらから話しかけてみるもそこまでうまく喋れたという手応えはなかった。

もっと頑張ろう、そう俺は密かに気合いを入れた。

――もっと頑張ろう、そう思っていた時期が俺にもありました。

＊

少し目を瞑ってうつらうつらしていると、バイト中のめくるめく景色が脳内に浮かんでくる。

息を継ぐ間もなく入れ替わっていくお客さん。目の前で何度も上下する布巾の縞々。キッチンと客席を何度も往復して運んだ軽食や飲みものたち。

結局その日、俺はテーブル拭きの他に、注文の品をお客さんに届けるところまでを教えてもらってできるようになった。

ただそれは、他のメンバーたちも当たり前にできるようになっていることで、俺だけ特別成長が早いとかそういったことは一切ない。

今日は初めてのアルバイトで、目の前に降ってくる仕事をこなすので精一杯。周りに頼られるところを見せるとか言ってた奴はどこのどいつだ。……お恥ずかしい。

さらに俺はその疲労から、今はもう動けず部屋の布団の上でぐったりと横になっていた。

時刻は午後一〇時。

なんか新しい方の旅館でおいしい晩ご飯を食べたような、広い温泉に浸かったような、そんな記憶もあるのだが、布団に倒れたら全てが頭から吹っ飛んでいた——布団だけに。

……まだ脳の疲れが取れていないようだ。

灯りを点けたまま布団に入って、気づけば一五分ほどが経っていた。寝たつもりはないのだが、意識が途切れるような感覚が何度かあり、その証拠に隣の布団ではさっきまでいなかった十色が横になっている。

最後の記憶では、洗面台の方で化粧水をつけたり歯磨きをしたりしていたはずなのだが……。いつの間にこっちにきていたのだろう。

俺は腕に力を入れながらゆっくりと身体を起こし、十色の顔を覗きこむ。どうやら寝ているらしい。穏やかな寝息が聞こえてくる。

俺と同じく、旅館の浴衣姿だ。化粧水がまだ乾いていないのか、つるんとした丸い頬に髪の毛が少し濡れてひっついていた。その毛先が口にかかっており、俺はそっと小指を伸ばしてその髪を払ってやる。

——瞬間、十色の目がぱちっと開いた。

「い、いや、毛！　毛を食べそうになってたから——」

なぜだか慌てて言い訳をしてしまう俺の前で、十色ががばりと身体を起こす。

「あっぶね！　寝るところだった！」

それから「ごめん！」と俺の方に向けて手を合わせてくる。

「きゅ、急にどうした？　別に謝られることなんて……」

「え、だって、するでしょ？　ゲーム」

布団の上でぺたんと割座をした十色が、きょとんと首を傾ける。

「あー、確かにそういう予定だったが……。でも、今日は疲れてないか？　明日も朝からバイトだし、やめといてもいいぞ？」

「えー、でも、せっかく重いの持ってきたし。や、運んだのは正市だけど」

布団で寝落ちしていたほどだ。きっと十色の方も疲れが溜まっているのだろう。

十色はいつも、こういうところで気を遣ってくれる性格なのだ。ただ、別に無理をしてやることでもない。

「いいっていいって。バイトが慣れてきて余裕ができたらやろうぜ。だいたい、俺たちがゲーム始めちゃうと、盛り上がって朝までコースになりかねないだろ」

「それは確かに……やっちゃうね、朝まで。突入しちゃうね、一巡後の世界に」

俺と十色は徹夜で迎えた朝のことを、一巡後の世界と呼んでいる。二人でハマった漫画に、そんな言葉が出てきて、気に入って言い始めたのだ。

「一巡後にバイトはさすがにヤバいだろ？　今日は大人しくしとこうぜ」

正直、眠気に負けて一巡できる自信もなく、俺はそう十色に提案する。

「そうだねー、そうしよっか」

そう答え、十色はごろんと布団に横になった。

一日コントローラーを握ってゲームをしない日なんて、いつぶりだろうか。そんなことを考えながら、俺はよっこらせっと立ち上がった。再び横になる前に、乾いた口を湿らせておきたい。備えつけの小さな冷蔵庫から、キンキンに冷えたお茶のペットボトルを取り出す。風呂のあと、新館の売店で買ったものを入れていたのだ。

身体の疲れはあるが、十色と話していて眠気は少し和らいでいた。時刻的にもまだ寝るには早い。もう少しだらだらしてから寝る感じだろうか。

そんなことを考えながらお茶を飲み、布団へと戻る。すると、ばったりうつ伏せになっていた十色が、枕の上で顔だけこちらに向けてきた。

俺と同じく眠気が薄らいだのか、その目はぱっちりと開き、瞳は元気に輝いている。そして心なしか、口の端がにんまりと上がっている気が……。

——あ、何か企んでいる顔だ……。

そう俺が察しているのを知ってか知らずか、十色が少しだけ首を持ち上げ口を開く。

「じゃあさじゃあさ、代わりに、すぐ終わる短いゲームでもしませんか？」

「ゲーム？」

おー、ゲームという言葉に不安を感じることなんて中々ないぞ？

いったいなんだ、と俺は腰を下ろしながら目で先を促す。すると、のそりと十色が上半身を起こした。

「ゲームって言っても、単純な罰ゲームつきじゃんけんだよ。このバイトの疲れを癒しつつ、さらに恋人ムーブにもなる、その名も、じゃんけん負けたらマッサージゲーム」

「ほう」

それは確かに、バイトに疲れている今丁度いいかもしれない。

しかし、はてと思う部分もあった。

「マッサージが恋人ムーブなのか？　たまに家でやってるだろ？」

「ちっちっちっ。甘いね正市くん、いつもやってるのなんて、お互い肩揉む程度じゃん。今回の罰ゲームは、全身マッサージ。勝者の全身を、揉んでほぐして揉みほぐすのだよ」

とてもよいアイデアを思いついたかのように、楽しげに十色が言う。疲れすぎて変にテンションが上がっているのかもしれない。

全身マッサージ、か。想像してみると、それは確かに恋人ムーブっぽいかもしれない。

肩なんて当たり障りない部分だけじゃなくて、太腿や背中など普段はあまり触れない場所に触れるどころか、揉んでほぐして揉みほぐすのだ。

異性間であれば、きっと恋人にしか許されない行為。なんというか、それをすることは心の距離の近さを表している気がする。

そう考えると、なんだか少し緊張してくる。腹の奥がむずむずするような。俺はちらりと十色の浴衣の裾から覗く太腿に目を向けてしまう。

「……でも、こんな絶対に人前では見せないような恋人ムーブ、やっておく必要あるのか？」

「何言ってんの、この経験がいつか大きな財産になるんだよ」

そんな大層な話なのか、これは。

「それじゃあ、運命のじゃんけんタイムだね」

十色がこりこりと右肩を回しながら言う。

先程、恋人ムーブと聞いて、なんとなく俺は自分が揉む側を想像していた。しかしいざ勝負のときとなり、俺はぶんぶんと首を振ってその考えを改める。

「十色はこういうとき、絶対最初チョキを出すんだよな。そんな使い古して切れ味ボロボロのチョキで勝てるのか？」

「ふっふっふ。全てはこのときのための布石だった。そんな考え方はできないかい？　正市くん。これでグーを出してちゃ、それこそ石みたいに頭が固いよ」

俺たちはお互い心理戦を吹っかけ合い、不敵に笑う。

この勝負、負けられない。

なぜなら俺のふくらはぎはもう、ぱんぱんだから！

「「最初はグー、じゃんけんぽん！」」

「力加減はいかがでしょうか？　十色様」

「うむ。くるしゅうないぞ、正市よ」

まず肩を重点的に揉み、それからうつ伏せの背中に移っていく。ツボの位置なんてもっての外。正しいマッサージの仕方も知らないので、手探りで気持ちいいかどうか聞きながら、肩甲骨付近を押さえるように揉み、ゆっくりと下へくだっていく。生地の薄い浴衣の下はキャミソール一枚のようで、彼女の柔らかい肌の感覚が直接指に伝わってくる。

俺が腰の辺りを押さえたときだった。

「いやん」

急に十色がわざとらしい声を上げて、腰をくねらせる。

「おい、変な声出すなよ」

こっちはいろいろと意識しないよう頑張っているというのに。

やはり十色は確信犯のようで、俺の反応にくすくすと笑う。くそう、このまま激痛コースにご案内してやろうか。

気持ち強めに丁寧に押して、腰を終わらせる。俺は少し考えて、お尻は飛ばして太腿へと手を移動させた。

そりゃ、部屋で偶然お尻に手が当たったり、小さい頃はふざけてお尻を叩いたりしたことはあるが……それとこれとは全く別だろう。

仮初の彼女という関係で、ここは触れない。パスだ。そう考えつつ、俺は太腿に手を置いた。

「ひん！」

ひん？　今度はさっきとは違う声が響いた。

それはどこか咄嗟に上がった悲鳴のような。

俺はもう一度、太腿を揉もうとする。

「ひゃん！」

今度は身体がびくんと跳ねた。

「お、くすぐったいのか？」

「や、ちょっと……」

十色の言葉はそこで切れる。

俺は一人、にやりと笑みを浮かべた。先程からかわれた復讐だ。俺は両手を使い、連続で太腿を揉んでいく。

「ひゃっ、あんっ、あっ、ちょちょちょ、正市待って！」

すると、最初はくねくねと身体を捩らせていた十色が、最後観念したように身体を起こした。

「待って、その辺はやめとかない？　ふくらはぎの方をお願いしよっかな」

「え、こしょばしてるわけじゃないぞ？　マッサージだから、我慢しろ」

俺が意地悪くそう言うと、十色は何か言い辛そうに目を横に逸らした。

「や、やー、こしょばいというか、その辺はちょっと……恥ずかしい……」

彼女の頬が、内側で電球でも灯ったように赤くなっているのを見て、俺も思わず「お、おう……そうか」と返事をしてしまう。

冷静に考えれば、十色の気持ちもわかる。

俺も先程、触ってはいけない気がしてお尻のマッサージを飛ばしたのだ。しかし、今触っている部分も、お尻に限りなく近い部分。ともすると、お尻と類似した柔らかさを感じることもある。

にしても、照れるのは反則だ。

こっちもなんだか恥ずかしくなってくるんだが……。

「じゃ、じゃあ、もうちょっと下の方を……」

そう言って、俺は十色のふくらはぎを揉んでいく。しかしそちらでも、揉む度にぴくぴくと彼女の身体が揺れていた。

「あ、ひっ、ひん……」

お、おい、あんまり脚を開くな。浴衣の裾がめくれていって、いろいろ見えちゃいそうだぞ……。

「や、やはは、気持ちいいのは気持ちいいんだけど、なんかツボに入っちゃったみたい」

十色が赤い顔でこちらを振り返り、

「じゃんけん勝っても罰ゲームだ、これ」

そう言ってはにかむような笑みを浮かべる。

「勝っても罰ゲームか。もし俺が勝ってたら、マッサージあとで交替してやろうと思ってたんだけど、いらなかったな」

「あー、それ負けたあとに言うのずるいよ！　……一か所疲れてるところを選びなさい」

「いや、いい。こしょばされそうだし」

「遠慮しなくていいんだよ、正市くん。絶対こしょばしたりしないから。ほら、恋人ムーブだよ」

十色が腕を引っ張ってきて、そう言うならと俺は布団に横になる。

「じゃあ、ふくらはぎを……」

「あいよっ、はぎ一丁！」

謎のテンションの返事と同時に、十色の細い指が食いこむ感覚がふくらはぎに伝わってきた。

これは……確かにむず痒い。

けれど、それ以上に――。

「どう？　気持ちいい？」

「ああ、やばい。疲れが溶けていく感じがする」

十色のマッサージは、とてもうまかった。俺のように、とにかく押したり揉んだりせず、しっかりと筋肉を解すように手を動かしている。

「なんとなくいいやり方がわかった気がするぞ」

「おっ。じゃあ、またわたしもやってもらおっかな」

それから俺たちは、立ちっぱなしの仕事ですっかり張っていた脚を、お互いに工夫しながら揉み合っていく。

そうして俺たちの初めての旅行の夜は更けていったのだった。

〈6〉幼馴染ムーブは、実用的に

目蓋を透かす眩しさに、俺はぼんやりと目を開けた。

——ここ、どこだ？

見慣れない天井に目を瞬かせ、それから横を見る。見慣れた栗色の髪が、白い布団にさらさらと流れていた。

十色？

だんだん覚醒していく意識に、俺はハッとして身体を起こす。

ここは俺たちが泊まっているバイト先の宿だ。昨晩は確かマッサージをし合っていて……

どうやら俺たちは電気もつけっ放しで寝落ちしてしまったらしい。二人、一つの布団で。

この朝チュン状況、漫画やラノベの主人公だと『隣に女の子が⁉』なんて動揺する場面かもしれないが、俺を一緒にされては困る。十色とはしょっちゅう部屋の狭いベッドで一緒に寝ており、慣れっこだ。

その余裕から、俺はゆっくり「ふぅー」と息をついた。

──ん？　朝、チュン？　朝……？

俺はがばりと窓の方を向く。眩しすぎる夏の朝陽が、カーテンの隙間から差しこんできている。今度は慌ててスマホをタップする。画面に表示された時刻は、八時四〇分だった。

──朝、だ。やばい。バイト遅刻する！

数刻前、余裕をぶっこいて息をついていた自分を殴ってやりたい。俺は大慌てで、横に転がる十色の身体をぐらぐら揺らす。

「おい、朝だ！　まずいぞ、遅刻だ！　早く起きろ！」

いくら寝落ちだからって、二人ともスマホのアラームをしていないなんて……。

バイト二日目から遅刻なんて、絶対にやっちゃいけないやつだ。昨日は終始温厚だった小春さんに眠る、鬼の部分を目覚めさせてしまうかもしれない。

「くっ、あばら二、三本ってところか」

「お前はなんの夢見てんだ！」

漫画のセリフのような寝言を言う十色の上半身を、俺は脇を持って引っ張り起こす。布団の上で背中を丸めて座った十色は、まだぼんやりした半目を瞬きさせている。

ひとまず自分の準備だ。俺は顔を洗いに洗面所へ向かう。

着替えに一分、荷物の準備に一分、海の家まで走れば五分。まだギリギリ間に合う範囲か。問題は十色の方だ。こういう日も化粧とかするのか？　さっき見たが、髪が寝ぐせだらけでぼさぼさだった。あれはさすがにセットしないとまずいだろう。

……ピンチだな。

歯まで磨いている時間はなく、俺は急いで部屋に戻る。

「十色、急げ――十色っ⁉」

なんと、十色が座った姿勢を維持したまま、顔面から布団に突っこんでいた。

「ダメ……無理……。地球の重力が重すぎる……。適応できない……」

「お前、今日だけは絶対二度寝できないからな。ていうか、ほんとに早く起きないと！荷物は俺がまとめとくから、とりあえず身の回りのことを」

「ここはオレに任せて、先に行け――」

「それで生贄になるのは俺の方なんだよ！」

一緒の部屋の彼女を置いてきたとなると、みんなにどんな目で見られるか。ていうか、さっきからなんなんだ、そのかっこいいセリフは。ほんとにどんな夢見てたんだ。

「マジのマジで時間ないぞ！」

昨日旅館で洗濯、乾燥してもらったバイトTシャツを、十色の方に放ってやる。するとようやく、十色がもぞもぞと身体を起こした。

非常に前途多難な風向きで、バイト二日目が始まった。

＊

午前九時、海にはすでにぱらぱらと人が見受けられた。海岸にはパラソルがまばらに開き、海の方からは楽しそうな笑い声が聞こえてくる。

俺たちが走っていくと、海の家の前にはすでにみんな集まっていた。その中には、小春さんの姿が見える。

「よぉ、お前さんたち、ギリギリじゃあないか。昨晩はお楽しみでしたかってことかい？」

俺たちが到着すると、猿賀谷がそんな朝から疲れる声をかけてくる。俺はそれを無視して、小春さんのもとへ。手を膝に突きながら、息も切れ切れに口にする。

「遅れてすいません！　ちょっと出るのが遅くなっちゃって」

俺の隣では、十色も丁寧に頭を下げていた。

対して小春さんは、いつもと変わらない和やかな笑顔だった。

「いいえ、まだ九時ちょうどなのでセーフですね。おはようございます」

「お、おはようございます」

挨拶を返しながら、俺はほっと胸を撫で下ろす。九時ちょうどが本当に許されていいラインなのかはわからないが、小春さんが優しくてよかった。

「おはよー、十色。今日もいい天気でよかったね」

「あんたたち、待たせすぎだぞー？　猿っちみたいになりたくないけど、ほんとに二人で不純なことしてたんじゃないだろなー」

後ろから、中曽根とまゆ子が話しかけてくる。「おっはよー、二人とも！」と十色が会話を始めた。その間、

「うふふ。いいですねー、青春ですねー」

背後から耳元で、そんな声が聞こえてきた。振り返ると、ほんわかスマイルを継続した小春さんが立っている。

「せりちゃんには内緒にしておきますねー」

え、何、怖い。変わらない笑顔がこれまた怖い。ここで身内の名前を出してくるなんて。

「そ、そもそも誤解ですからね？」

「えー、そうなんですか？」

どこかつまらなそうに首を傾げる小春さん。

「はい、もちろん！　昨日はバイトで疲れて即ぐっすりでした」

秘密にしてくれると言っているが、そもそもこの場で小春さんに弱みを握られるのが怖く、俺は必死に否定した。実際、やましいことは何もないのだが。

小春さんはしばらく「えー、若いのにー」「正市くんが頑張らないとー」などと呟いていた。この空間、そういう話題好きな人多すぎない？

ただ、お喋りはそこまでだった。

小春さんが切り替えるように、辺りを見回してぱんぱんと手を叩いた。

「それじゃあそろそろ時間ですよー。店のオープンは一〇時からなので、それまでに昨日伝えきれなかった仕事の内容をご説明させていただきますー。ひとまずお店に入りましょう」

小春さんに続き、ぞろぞろと海の家へと入っていく。

さぁ、今日もお仕事の始まりだ。

＊

時刻は午前一一時。バイト、真っ最中。

「真園、センジョウで瓶ビールのグラスもらってきて！」

テーブルを拭き終わったばかりの俺の耳に、そんな声が飛んできた。

ああ？　センジョウ？　戦場なら今まさに俺がいるところだ。多方面からお客さんに声をかけられ、常に速足で動き回らなければならない。まったく、人気者は辛いなぁ。……休む暇もない。

「センジョウだよ、センジョウ！　もうそろそろグラス、洗い終わってる頃だと思うから」

先程の声の主、中曽根が、急ぎ足で近づいてきてそう言ってくる。

「ああ、センジョウって、洗浄――洗い場のことか？」

「はぁ？　それ以外何があんの？」

いや、センジョウなんて言い方されてもわからない。俺が突っ立っている横を、「もう自分で行ってくる」と言い残して中曽根が通っていく。

代わりにまゆ子が、俺のそばまでちょこちょことやってきた。

「すまん、センジョウって覚えさせたのあたしだ。普段のバイト先では洗い場のことそう呼んでるからさ。それを聞いてたうららちゃんが、気に入って言い始めちゃって」

「なるほど、それでか」

よかった。ＦＰＳ系のゲームはあまりやらないから、戦えるだろうかと心配してしまったぞ？

「あ、手が空いたら裏で休憩して水分補給することって、小春さんが。真園っち、今行ってきたら？　あたしが繋いどくよー」

そう言ってひらひら手を振り、まゆ子は店の入口の方へ向かっていった。相変わらず涼しい顔で仕事をこなしており、余裕を感じられる。

一方俺はもうへろへろだったので、素直にお言葉に甘えさせてもらうことにした。

正午のピークに入る前でこの疲労感。中々辛いものがある。ていうか、まだオープンして一時間しか経っていないのか。体感ではもう今日もクライマックスなんだが。ゲームなんかしてると数時間だってあっという間にすぎるのに……何これバグ？

キッチンの中を通りすぎ、ヤシの木が描かれた長い暖簾を抜けると、そこは憩いの場、バックヤード。いわゆる回復ポイントだ。

森の泉に小鳥が水浴びに集まるように、そこには癒しを求めたバイト戦士たちが集まってくる。

今は中曽根が一人、奥のパイプ椅子からこちらを睨んでいた。先程の洗浄の件を引っ張っているのだろうか。……泉に集まる小鳥と喩えるには相応しくない表情だ。

「グラス取りにいったら、小春さんがちょっと休んでけって」

ぼそっと呟くように言う中曽根。

「ああ、それで」

洗浄に行ったはずの中曽根がなぜ？　とは確かに思った。

「サボってるわけじゃないからね」

そう、中曽根が俺を見ながらつけ加えてくる。

「いやいや、全くそんなこと疑ってないぞ」

全く意中になかったことで、俺は驚いて首を左右に振った。

ギャル中曽根は女子の中でもさばさばしてかっこいいタイプに思えるが、意外とこういうところで他人の目を気にする性格らしい。そういえば十色がこの前、中曽根はそんなに気が強いわけじゃないと言っていた。

「熱中症対策だろうな。バイト中に従業員が倒れたりしたら大変なことになるし。積極的に休憩を取らせてるみたいだ」

だから気にするな、という意味を言外にこめて俺はそう話した。冷蔵庫に近づき、スポーツ飲料の二リットルペットボトルを取り出す。その脇のサイドテーブルに置いてある紙コップを一つ手に取り、なみなみに注いでからペットボトルを冷蔵庫に戻した。

こうして従業員が自由に飲めるよう、冷蔵庫には何種類もの飲み物がストックされているのだ。

その紙コップを持って、近くのパイプ椅子に深めに腰を下ろす。すると立ちっぱなしで棒のようになっていた脚から、じんわりと疲れが抜けていくのがわかった。

今日はバイトが始まるまでの時間で、いろいろな仕事を教えてもらった。空いている席への案内の仕方、お客さんからの注文の取り方、提供している軽食と飲みものの種類など。テーブル拭きばかり——最後は少し料理運びもしていたが——していた昨日と比べると、大きな成長である。

ただしその分、忙しさも倍増していた。ただでさえ大慌ての作業なのに、やれることが増えた分、優先順位をつけて行動する必要が出てきて混乱しそうになる。バイトを始めて二日目なので仕方ないのかもしれないが……お金をもらう以上なんとか頑張りたいという気持ちだけは常にあった。

いくら休憩が許されているからといって、あまり長く戦線離脱しているわけにはいかない。俺は早く飲んでしまおうと、紙コップを大きく傾けた。心地よい冷たさと適度な甘さが口の中に広がる。

スポーツ飲料、久しぶりに飲んだけど、とても飲みやすくて身体を動かしたあとにはぴったりだ。

そんなことを考えていると、コップの中身はあっさりとなくなってしまった。もう一杯だけいただこうか迷っていたとき、バックヤードへ入る暖簾がぺらっとめくられる。回復ポイントに顔を覗かせたのは、十色だった。

「あれっ、二人共こっちにいたんだ！」

十色がびっくりしたように言って、それから嬉しそうにこちらに足を踏み入れてくる。

「ああ、先に休憩もらってたんだ」

言いながら、俺は立ち上がって冷蔵庫へ向かう。扉を開けて中からレモンの炭酸ジュースを選び、紙コップに注いで十色に渡した。

「さんきゅっ。——あー、染みるー」

味わうようにちびりとジュースを飲んで、十色が言う。

「え、十色、こんな疲れてるときに炭酸？」

中曽根は「マジで？」と言いたげに、眉をひそめていた。

「やー、うららちゃん、これがいいんだよ。喉越しの刺激でアドレナリンを出して、血糖値を上げる作戦！」

「それほんとに意味あるの？」

親指を立てながら自信満々に言う十色に、中曽根がまだ訝しげな目を向けている。

「あとね、いっぱい働いたから、ちょっと甘いもの飲んでも許されるかなって。ほら、カロリー的に」

「あー。勉強したあとチョコ食べたくなるのと同じか。いつも一箱いっちゃうんだよねー」

それは同じ……なのか？

俺が脳内でツッコみを入れていると、その相手がちらりとこちらを見た。

「真園が炭酸出したときは、一瞬嫌がらせを始めたのかと思ったけど……。あんたら、相変わらず通じ合ってんね」

俺と十色は顔を見合わせた。これはまた、熟年感が出てしまっていただろうか。

どんな理由で飲むかは別として、十色は幼い頃から外で遊んだあとなんかは毎度炭酸飲料を飲みたがった。動いたあとは決まって、炭酸なのだ。

しかし、十色に気を利かせたつもりだったのだが、失敗だったかもしれない。

「何よ、その顔。褒めてるのよ？」

十色の渋い表情に気づき、中曽根が言う。

「や、やー、ありがと。照れちゃうねぇ」

「別に照れなくても……。にしても、まだつき合い始めでこの雰囲気、あんたたち――」

中曽根がそう続けかけたとき、

「あっ、さっき小春さんがね！」

まるで続きは言わせんとばかりに、十色が被せて声を上げた。

「今日、昼のピークが終わったらあがっていいって。旅館の人たちが手伝いにきてくれるから大丈夫、せっかく海にきたんだから遊んできてくださいって。だから、これ飲んで、バイトの続きも頑張ろーっ」

言い切って、残っていたジュースを一気に呷る。「ぷはっ」と小さく息を吐いた。

中曽根からの追及を逃れるためだろう、十色が話題の方向を変えた。少々無理やりだったが、その内容に中曽根も食いついてくれる。

「マジ？　やった！　遊べるの？」

「うんうん！　水着持ってきた意味ないかなーと思ってたけど」

「よっし、やる気出てきた！　ちょうどそろそろ戻らないとだし、十色ありがとっ」

中曽根は立ち上がり、コップをゴミ箱に放る。それから肩を軽く回しながらバックヤードを出ていく。単純だ……。

中曽根の背中を見送って、俺と十色はふぅと息を吐いて肩の力を抜いた。

「まゆ子じゃなくてよかったな」

「そだねー。まゆちゃんだったら、もっと攻められてたかもねぇ」

今、この件に関して敏感になっているまゆ子の前では絶対に隙は見せられない。

ただ、中曽根は比較的俺たちのことを信用、というか応援してくれている気がする。通じ合っていると言われただけであれば、そこまで必死に話を遮る必要があったのかとは少し思う。

「とにかく頑張ろうっ！」

そう言って十色も軽く伸びをし、キッチンの方へつま先を向ける。

「まずは目の前の仕事だな」

俺も持っていたスポーツ飲料を飲み干し、立ち上がった。

そのときだった。

「わぁ、よいやる気ですねぇ。じゃあ、お二人には特別メニュー、頑張ってもらっちゃおっかなぁ」

声の方を見れば、小春さんが暖簾から顔を覗かせ、こちらに手招きをしていた。

その笑顔を怖く思ったのは、今回は俺だけではなかったらしい。

「な、何をするんですか？」

そう訊ねる十色の声が若干上擦っている。

「ふふふ。それはこっちにきてからのお楽しみですよー」

なぜ隠す。俺も恐怖で今にも震えだしそうだ。そもそも特別メニューという時点で、嫌な予感しかしないのだ。

しかし、こちらは雇われの身。オーナーの指示には従うほかなく。

いったいどこで選択を間違えてこのルートに入ってしまったのか。走馬灯のように思い返しながら俺は小春さんのあとに続くのだった。

手洗いをしてつれてこられた先は、キッチンの端の洗い場の近くだった。

旅館の従業員だというキッチンスタッフの方々が、ちらりとこちらを見てくる。最初は接客をしていたはずの猿賀谷も、いつの間にか今日も皿洗いに駆り出されていたようで、俺たちを見つけて手を振ってきた。

だがそれよりも目をひいたのが、その洗い場に背を向ける形で設置された作業台に用意された、大量の食材たちだった。

「これ、ですか？」

「すごい、特設ステージだ」

俺と十色は呟くように口にする。

「そう。正市くんと十色ちゃんには、ここで作業をしてもらいたくて。事情を説明すると、今、大学のラグビー部さんが旅館で合宿をしてくれてるんだけど、海で遊ぶときに食べる軽食がほしいとお願いされちゃってね。聞いたら、泊まってる人数の三倍くらいの量が必要らしくて。何泊もしてもらってる以上、お断りもできなくて、ただ人手もなくて困ってしまって」

ふむ。事情はわかった。事前に仄めかされていたお楽しみ要素は一切ないが、まともな仕事で安心する。

でも俺、料理とかほとんどしたことないぞ……？

思いながら、改めて机の上に目を向ける。パン、ソーセージ、紫玉ねぎを切って調理したもの。あと、これは卵サラダだろうか？　他に、調味料類が多数。

「ホットドッグですか？」

「正解です！　味は二の次でとにかく量がほしいとのご要望でしたので。簡単な材料で量産できて、さらにおいしいこちらにしました。卵たっぷりのエッグホットドッグ、オニオンマリネ添え。一〇〇個分です」

オーダーがさすがラグビー部といった感じだ。質より量、カロリーよりカロリー。その辺の女子が泣いて逃げ出しそうだ。

「時間もあまりありません、どうかお二人の力を貸してください。客席の方は、まゆ子ちゃんがとてもうまく回してくれていて、正午すぎの本当のピークまでは大丈夫そうです。よろしくお願いします」

小春さんは実際にやって見せながら俺たちにホットドッグの作り方を教えてくれた。その手順に難しいところはなく、特に問題はなさそうである。そして小春さんは、「何かあったらすぐに呼んでください」と言い残し、自分の仕事に戻っていった。

俺と十色は一歩進み出て、食材たちと正面から向かい合う。

「時間がないって言ってたな」

ドッグロールが五個入りになっている袋を開けながら、俺は十色に話しかけた。

「うん。でも、こういう机に向かっての決まった作業なら、バイトに慣れないわたしでも全力を出して挑めるよ！」

「ああ、それは俺もだ。……ここはどうする？　対戦か？」

「うーん。それか、チームでニューレコード狙うかだね」

作った数を競うか、それとも協力して所要時間の記録を目指すか。俺たち二人になると、必然となんでもゲーム形式にしてしまう。

そういうふうにしてやるのが楽しめるし、実は効率がいいと俺たちは知っていた。実用的な幼馴染ムーブだ。

逡巡のち、十色が口を開く。

「ここはニューレコードでしょ！　今日のわたしたちは同じバイト先の仲間だよ！」

「よし、決まりだな」

俺たちは洗い場の上にあった壁掛け時計で時間を確認し、さっそく作業に取りかかった。

俺は袋からさっとパンを取り出してまな板の上に五つ並べ、隣の十色の前にスライドさせる。十色は流れてきたパンにウインナーを挟み、その横にオニオンマリネを添えると、上に卵サラダを載せて俺の前に戻してきた。俺はもう一つのまな板にすでにパンを準備しており、それを十色に回す。それから目の前にやってきた材料の載ったパン五本に、ケチャップ、マスタードで勢いよく波線を描いた。あとは一つずつラップでくるんでいけば完成だ。

完成したものを脇に置いてあったワゴンの上のパレットに並べ、空いたまな板に新しいパンを並べ終えた頃に、また材料の挟まれたパンが戻ってくる。

「……昔、ゾンビを打ちながら進んでいくスクロール型のシューティングゲームで記録狙ったこととあったよな。何回もなんかいも」

俺が口にすると、十色が「あー」と声を上げる。

「やったねぇ。二人で進んでいく系のゲームじゃ、あれが一番やりこんだかかな？」

「ああ、そうだな。懐かしいな」

十色が前に銃を向けながらどんどん進んでいき、俺が後ろから迫ってくる敵を倒しながらあとに続く。他にもさまざまな角度から現れる敵に対し、俺たちはどちらかが勝手に対処していく。自ずと役割分担ができていた。

今の状況と少し似ているからだろうか。俺はなんとなくそのゲームのことを思い出していた。

そんな他愛ない話を短く挟みながら、一〇分ほど作業を続けていたとき、最初から中身が少なめだったケチャップの容器がブボブボと音を立て始めた。

——まずい、なくなる。

そう考え、ちらりと横を見たときには、すでに十色が冷蔵庫の方へ向かっていた。業務用の大型冷蔵庫の中から新しいケチャップを取り出して、こちらに放ってくる。俺はそれをぱしっとキャッチして、封を開けるとすぐに目の前のホットドッグを処理した。作業に戻った十色が、テンポを崩すことなく材料を挟んだパンを回してくる。

そうして俺たちは、目の前のドッグロールと他の材料からホットドッグをひたすら生成し続けた。だんだんと新しいパンの袋がなくなっていき、やがてラストの袋となる。

十色から戻ってきたパンにケチャップとマスタードをかけると、最後は十色がラップをスタンバイしてくれており、俺はささっとパンを包んでいった。

「――終わったぁ！」

最後の一つをパレットに置いた瞬間、俺たちは二人して歓声を上げた。お互いの右手を、がしっと組み合わせる。そのとき、周りからまばらな拍手が聞こえてきた。見れば、五人ほどいるキッチンの従業員たちが、みんな俺たちの方を見ながら手を叩いてくれていた。

「すごいな、二人とも。なんだ今のコンビネーションは」

「びっくりしたよー。これだけの量のホットドッグ、こんな短時間で作っちゃうなんて」

ポテトを揚げていた三〇歳くらいのお兄さんと、ドリンク係をしている大学生くらいのお姉さんが、口々に言ってくれる。

「ほうほう。こいつは中々うまそうじゃあないか。さすが十色ちゃんの手作りだ」

猿賀谷はなんだか偉そうだし、手作りのハードルが低すぎて俺でも余裕で飛び越えられそうだ。

「えー、もう終わったんですか？　驚きました。助かりますー」

騒ぎを聞きつけてか、客席から戻ってきた小春さんが時計を見て、それからでき上がったホットドッグに目を移す。

見れば、タイムアタックスタートから時計の分針が半周ほど回っていた。一〇〇個のホ

ットドッグを約三〇分で作り上げたということになる。

「一応終わりました。どうですか？」

「はい、とても綺麗にできています。もしかしたら間に合わないかもとも思っていましたが……。予想の倍以上早くてびっくりです。どうやって？」

「手つきがすごかったっすよ！　ていうか、やってる間もほとんど無言で、話しても全然手元の作業に関係ない話をしてたし。ほんと、意思疎通できてるっていうか」

ポテトのお兄さんが、小春さんにそう報告する。

「ほんとに！　二人カップル？　息ぴったりすぎ！　つき合ってどのくらいなの？」

ドリンクのお姉さんも、お兄さんに同調するように話す。

「もうすぐ三ヶ月……くらいです」

そう十色が答えると、さらに「えーっ」と驚き声を上げた。

「やばすぎ！　これはできたてカップルのなせる業じゃないよー」

最初、拍手をされたときなんかは得も言われぬ達成感を覚えていたけれど、なんだか注目を浴び始めてその場に居づらくなってきた。

隣で「いやはは……」と照れたような気まずいような笑みを浮かべていた十色と共に、俺たちは客席の方へと退散する。

「普通のカップル……っぽくなかったかな。ちょっとやりすぎちゃった？」

視線を下げ、少し難しい顔つきで考えこむ十色。

「あー。でもまぁ、今回は助けになれてよかっただろ」

「……それはそうだね。やー、よかった！」

俺の言葉に、十色は顔を上げてにこりと笑う。

そして暖簾をくぐる際、俺と十色はもう一度、小さくハイタッチを交わしたのだった。

＊

「うーみーだー！」

交代で昼食休憩を取りながら、昼時の来客ラッシュをなんとか乗り切った俺たちは、十色が予告していた通りバイトから解放された。

『海にきたら遊ばないとばちが当たるので』とのこと。心春さん、きっと旅館の方の従業員からも好かれてるんだろうなぁと俺は思った。ここまでくると、もう元ヤンなんて設定は忘れてしまいそうになる。喋るときも、初めよりは緊張しなくなっていた。

「うおー！　海だー！」

それにしても、久しぶりの休息タイムである。バイトの疲れもあるし、日差しの下は熱中症のリスクもあるし、パラソルの陰で一人ゆっくり、昨日疎かにしてしまっていたログインボーナス回収に勤しみたいところである。俺はスマホを指先ですいすい操作しつつ、昨日充電せず寝てしまっていたことを少し後悔する。残量が五〇%を切っていると、なんか不安になるんだよな。

「よっしゃあ！　海だぞー！　……って、テンション低いなぁ、正市の旦那」

……くそう、さっきから隣でうるさかった猿賀谷が、とうとう名指ししてきた。

「お前はどうしてそんなにテンションが高いんだ。疲れてないのか？」

俺はスマホから目を離し、ちらりとそちらに顔を向ける。

「おいおいおいおいおい、これが高まらずにいられるか？　とうとう拝めるんだぞ？　女子たちの、水着姿」

「あー、まぁ、そんなとこだと思ってたけど」

今、近くに十色たちがいないのは、みんな旅館の部屋へ着替えに行っているからだ。俺も、黒い海パンにTシャツという格好。猿賀谷は海パン一丁で、上半身は裸である。腹筋が綺麗に割れており、まさに鍛え抜かれた肉体といった身体を惜しげもなく晒している。

猿賀谷の奴、顔はいいしコミュ力もあるし、筋トレでの肉体作りもしっかりこなせる努力家である。彼女の一人、できてもおかしくないものだ。極度の変態でなければ……。

「正市くん。キミが貸してくれるラノベなんかを読んでいると、いわゆる水着回というのがあるのだが。オレはそのシーンによく、違和感を覚えているのだよ」

「お？　どうした改まって」

少々口調の変わった猿賀谷の言葉に、俺は気になって耳を傾ける。

「主人公視点のああいうシーンで、女の子たちが登場したとき、まず水着の種類とか柄なんかが描写されていくことが多いようなんだが。おかしいと思わないか？　普通、まず胸を見るし、ぶっちゃけ胸しか見ない。いや、尻も見るけど、とりあえず胸を見る。できれば脇も見たい」

「ああ、おかしいのはお前の思考回路の方だった」

「いやいや旦那。人がパンチラで興奮するのはなぜか、その問いに答えは出ているだろう？端的に言えば、それは女の子たちがパンツを隠しているからじゃあないか。女の子がそれを隠し、見られたら恥ずかしいと思っているから。だからオレたちは、それを見たときに興奮を覚える。自然の摂理だな」

「それはまぁ……一般論だな」

「わかってくれるか。ならば、やはりおかしいことが明白だろう。見られることが前提で着る布切れに、なんの意味があるのか。この場合、隠されている水着のその先に興味が向くのは当然。……いや、それぞれにその水着を選んだ理由、思い入れがあることも理解できるんだ。好きな男子に見てもらいたくて、ちょっと過激なものを選んでみました、とか。そういういじらしい尊さはあるかもしれないが、だけどその好きな男子も、過激な水着のその奥を見たいと思っていることは間違いない。……まぁ、ちょっと言いすぎたが、やはり水着の描写が先にくるのがおかしいとオレは思うんだ」

猿賀谷は拳を握りながら熱弁をする。額に浮かんだ汗が太陽の光に輝いていた。

「なんなんだ、お前のそのエロに対する莫大な熱量は……」

猿賀谷は、思考が全て変態に繋がっているような奴だった。

やはり、彼女ができる日は遠そうである。

どこか達観した気持ちで彼を眺めていた、そんなときだった。

「お待たせー。待ったかー？　まぁ、特に時間の約束もしてないけどねー。それでも男性陣、わくわくしながら待ってたんじゃないのかー？」

そんな声が耳に入り、俺は首を横に向けた。

その膨らみは両手の指に収まる程度か。自身――まゆ子の目立ちたがり屋な性格とはかけ離れた控えめさだ。ただその本人の、ロリとも呼べる幼げな見た目と、元気な活発キャラからすると、その大きさは非常にしっくりときた。オタク目線で言うと、むしろ需要は多いのではないだろうか。スクール水着に見えなくもない、フロント縦ラインにウッド調のボタンのついた黒いリブ生地のワンピース型水着を着ていた。

手を腰に当てながらにやにや笑うまゆ子。その横に並ぶ影がある。

「やー、日差しが目に染みるー。これ、日焼け止め塗ってても焼けちゃうやつだよ。ラッシュガード着てきた方がよかったかなー」

正直、目算を少し誤っていた。いや、その気配は節々で感じ取ってはいたのだ。制服を着て寝転がっていても主張のある膨らみ。胸チラを見た際に目が吸いこまれるような深い谷間。そして今、その実態がようやく目の前に明らかになっていた。

十色の胸は、美しいお椀型をしていた。水着を取っても形が変わらなそうなほど、くっきりと張りがある。それでいて、男性陣の視線に気づいたか、腕を曲げて胸を隠そうとした際、押された胸がむにゅっと簡単に形を変えていた。直接触ったことはこれまでないが、きっとふわふわな柔らかさをしているのだろう。

予想はCくらいだと思っていたが……あれはDくらいあるんじゃないか？　お菓子ばかり食べているくせにしっかり痩せており、その分バストのサイズが際立っている。猿賀谷なら目測できるのだろうか。薄いピンクでシンプルなフリルがあしらわれた、セクシーなビキニタイプの水着だった。

「二人とも、よくそんな堂々と行けんね。ウチも、上着てこればよかった。日差しもだけど、お腹(なか)もやばい……」

そんな言葉に、自然と俺はそちらに視線を向けた。そして、目を見開く。隣で猿賀谷が息を呑(の)む音が聞こえた。

優勝。その一言がぴったりだった。

中曽根の胸も大きいことは重々承知していた。体操着姿なんかを見かけたときは、その揺(ゆ)れに思わず目が吸い寄せられるほど。しかし、下着同様の布面積から拝むそれは迫力(はくりょく)が違(ちが)った。グラビアアイドルになれそうなほど豊かな胸。加えて、部活による日々の鍛錬(たんれん)の賜物(たまもの)か、引き締(し)まった手足。薄く浮かぶ腹筋に、綺麗なおへそ。ちなみに、白地にグリーンのボタニカル柄のトップに、白い三角形の生地のボトムを身に着けていた。

——ぱん、ぱん。

何やら音が聞こえてきた。

なんだ？　不思議に思って横を見ると、猿賀谷が中曽根の胸に向かって柏手(かしわで)を打っていた。拝まれながら堂々とそこに鎮座(ちんざ)している様は、まさに乳神様。カップとカップを結ぶ紐(ひも)がしめ縄のように見えてきて、俺も思わず二礼二拍手一礼してしまいそうになる。

中曽根が「げっ」と引いた声を上げていた。

……先程まで猿賀谷と変な話をしていたせいか、俺も完全に目線が胸の方に向いてしまっていた。

というか、どうしても目が引き寄せられてしまうんだ。だって、こんなアニメでいう水着回みたいな展開が、まさか自分の身に起こるなんて……。不可抗力というやつである。許してほしい。

「まず一つ、お礼を言いたい。みんな、体型カバーアイテムを身に着けないでくれてありがとう、ありがとう」

猿賀谷はそう言って、女子に向かって深々と礼をする。……これ、俺もやった方がいいのか？

「エロ猿がいるから、着るか迷ったんだけどね」

胸を隠すように身をよじりながら、中曽根が言う。

「うはは。感謝されると悪い気はしないねぇ」

まゆ子はあまり恥じらいがないのか、堂々と立ったまま八重歯を見せて笑っている。

「いやぁ、感謝感激ってもんですよ。それにエロはオレだけじゃあない、全男子共通の宿命というもの。なあ、正市の旦那」

おい、こっちに振んな。俺は慌てて中曽根の胸から視線を外す。

しかしどうも、その様子をばっちり見られてしまっていたらしい。

「……正市？」

普段より半音低い声が耳に届く。見れば、十色がじとりとした目をこちらに向けてきていた。

お、嫉妬する恋人ムーブか？　……いや、これはガチで引いている目だ。

「と、とりあえず、みんな集まったし遊ぼうぜ？　夏だ、海だ、うおー」

俺はとにかく誤魔化そうと無理やりテンションを上げてみた。その片手を掲げた棒読みの掛け声に、まゆ子と猿賀谷だけが「「おー！」」とノッてくれる。

こうして、なぜか俺先導で波打ち際へ向かう流れに。涼しい影で一人アプリゲームという俺の夢はそこで潰えてしまったのだった。

リア充という連中は、どうしてこうも罰ゲームというのが好きなんだろう。

絶賛砂浜に埋められ空を見上げながら、俺はぼんやりと考えていた。

定番のスイカ割り、そこからの早食い競争、ビーチフラッグ、クロール対決。

全てのゲームに、毎回罰ゲームがついてきた。と言っても、モノマネをさせられたり、ジュースをおごらされたり、少しレベルが上がってもみんなで海に投げこまれたりといった程度で、場の空気を盛り上げるためのものだったが。

最後クロール対決で負け、俺は砂浜に埋められていた。男女の間にハンデは設けられていたが、その差がなくても中曽根なんかには負けていた気がする。そもそも泳ぎ、というか運動が苦手なのだ。

俺は今まで勝ってきた分、初めての罰ゲームを甘んじて受け入れていた。ここで文句を言ったり逃げだしたりして、場の空気を悪くするほど野暮ではない。いくら普段ぼっちでもそれくらいは心得ている。

……逃げだしたくても、大量に砂をかけて固められて動けないんだが。

立っているだけでも火傷しそうなほど熱い砂浜だが、掘り返したところに寝転ぶとひんやりと気持ちいい。まぁ、このまま少し休憩していてもいいかと、俺は「やめろよー」なんて口では言いつつ身体の力は抜いてゆっくりしていた。

「じゃあ次、ビーチバレーやろやろー」

「おっ、まゆ子リーダー、いいですなー！　次の罰ゲームはどうします？」

俺に一番砂をかけていたまゆ子が急に立ち上がり、猿賀谷もノリノリで後に続く。

「ビーチバレーか。初めてだなー」

言いながら、アタックの素振りをする十色に、

「コート、あっちだったわよね。トイレ行きたいし、ウチ空き状況聞いてくるよ」

と道具調達を買って出る中曽根。

「うららーん、そのお胸で、店員さん誘惑して安くしてもらうんだよー？」

「うっさいチビまゆ。誰がするかそんなこと」

「誘惑⁉　オレもされてみたーい」

などと話しながら、みんなぞろぞろと拠点であるパラソルの方へ戻っていく。

「おーいおいおいおいおいおいおい。やめろ！　置いていくのだけはやめろー！」

さっきまでは余裕だった俺だが、首だけ起こして必死に呼びかけた。

このままここで一人はきつい。少しずつ背中が冷たくなってきているし、こいつ何やってんだという通行人の視線がぐさぐさ刺さる。鍛えられたぼっちでも、一人が怖いシチュエーションがあると初めて知った。

「おい、お前ら――」

俺が離れていく背中に再度呼びかけようとしたとき、四人が一斉にくるりと振り返った。

「なーんて、嘘だよーん！　真園っち、ビビった？」とまゆ子。

「罰ゲームってぇのに、正市が全然いい顔しないだろ？　どころか、なんだかのんびりし

てやがる。そんで、いっちょ仕掛けてやろうと思ってな」と猿賀谷。

「ごめんね、正市。ほらほら、助けてあげよう」

そう言って戻ってくる十色に、

「バレーはほんとにするんでしょ？　ウチ、コート訊いてくるから。トイレ行きたいし」

と、もう膀胱の限界が近そうな中曽根。

――くっ、はめられた。

慌てるところを見られたことから、ものすごく顔が熱い。ただ、その赤くなっているであろう顔を隠すこともできず、俺はただただ眩しい空を見ながら救助されるのを待っていた。

*

下降を始めた大きな夕陽が、辺りを夕焼け色に染めていた。

海面が光を反射してキラキラと瞬き、海岸の砂はまるでセピアのフィルターをかけられたかのように色褪せて見せる。

遊び疲れた俺は、一人海岸に座ってそんな景色に浸っていた。波打ち際から、少しだけ下がった絶対に波が届かないところ。俺は足を伸ばし、傾けた身体を支えるように両腕を砂浜に突く。

規則正しい波の音が耳に心地いい。このまま仰向けになれば、一瞬で眠りに落ちてしまう自信がある。

まだ海岸に人は多く残っているが、海に入っている者はほとんどいない。もうみんな帰りの準備を始める頃なのだろう。騒がしい話し声や笑い声なんかも、気づけば随分とまばらになっていた。

持ってきたスマホもいじらずに俺がぼんやりしていると、

「お疲れ、正市」

十色がやってきて、俺の隣で腰を下ろした。白い脚を立てた、体育座り。日差しが和らぎ少し肌寒くなってきたからか、水着姿の上にナイロンのパーカーを羽織っている。

「お疲れ。他のみんなは？」

俺が訊ねると、十色は背筋を立てて辺りを見回す動きをする。

「猿賀谷くんはねー、なんか美人なお姉さん見かけてついていっちゃった。女子の中で話し合った結果、もうほっとこっかって」

「ああ、いいと思う」

「逆にうららちゃんとまゆ子ちゃんはそこでナンパされてるねー。男子が近くにいないと、寄ってくるわ寄ってくるわだよ」

見れば、拠点のテントと俺たちのいる波打ち際の間くらいの場所で、二人が知らない男三人に声をかけられている。中曽根はイライラしたように腕を組んで眉を顰めながら立っており、まゆ子はそんな状況を楽しむようににやにや笑っている。やがて、諦めたように男三人が足元の砂を蹴りながら中曽根たちから離れていった。

「うららちゃん、ああいうナンパとかする男の人、嫌いだからねー」

言って、十色はふふっと呼気を揺らす。

まゆ子にからかわれるように肘でつんつんとされ、中曽根が今度はまゆ子に眉を吊り上げる。どうやらナンパされていたのは中曽根の方らしい。

「確かに、嫌いそうだな」

俺がそう答えると、十色が少し驚いたように「おー」と声を伸ばした。

「ん？　なんか変だったか？」

「や、ちょっと意外だったというか。うららちゃんって、結構そういうのについていきそうなイメージ持たれがちなところあって」

「あー、確かに、外見は中曽根もちょっとチャラい系だしな」

「そうそう！　なんだけど、なんとびっくり中身はしっかり者なんだよね。意外にも」

「意外にも、な」

俺がそう繰り返すと、十色はくすくすと笑う。

「ちゃんと接してくれてる人にしか、わからないんだよ」

そう言って、十色はこちらを向いた。夕陽が眩しいのか目を細め、続ける。

「正市、ありがとね。今日、海で遊ぶのにつき合ってくれて」

「いや、普通に遊ぶくらい全然。礼を言われるほどのことじゃ……」

「やー、わたしがいなかったら、絶対正市部屋でゲームしてるね。熱中症のリスクがーとか言って」

ほんとに、エスパーか。さっきその通りのことを理由にパラソルの影で休もうとしていた。十色にはどうもこの辺りの考えが読まれてしまう。

「まぁ、つき合いのいい彼氏ムーブだったかもだが……。でも、結構楽しんだぞ。参加してよかった」

それは今の本心だった。めちゃめちゃ疲れたけどな。

「ほんとっ？」

十色がぱっと顔を輝かせる。

「よかったよー。正市の時間を奪っただけにならなくて」

「いやいや、さすがにそんなふうには思わないぞ」

むしろ、このバイト旅行では十色の友達とも積極的に接しようと決めていたのだ。

「よかったー。あ、あともう一つ、泳ぎのときもありがとね」

「泳ぎ?」

俺は十色に訊ね返した。いや、何が言いたいかは薄々気づいてはいたが、あくまで俺は当たり前のことをしただけで特に意識していなかったというふうに。

「うん。あの、泳ぎ勝負のとき。正市、わざと負けてくれたでしょ」

「わざとというか、あのときはもう疲れて力が出なかったんだ。それに、もともと速く泳げるわけでもないし、ハンデも結構あったしな」

勝負の内容は、海岸から十数メートル先に浮かぶ、安全エリアを示す浮き球にタッチして戻ってくるというもの。その際、女子には一〇秒のハンデが与えられていた。

「でも、わたしだいぶ遅かったからねぇ。体育でもあんまし泳げないのに、波があると余計。髪もあんまし濡らしたくなかったし……。てか、うららちゃんも正市がわざと遅く戻ってきたって気づいてたよ?」

「マジか」

さすが保護者ポジション。中曽根は、周りのことを本当によく見ている。そう感じることが最近多いのも、近くで接する機会が増えたからなんだろう。

「あの罰ゲーム結構きつそうだったから、ほんと助かった！　ありがとう！」

斜陽の中、十色が綺麗な笑顔を咲かせてみせる。普段は栗色の髪が、光を纏って金色に輝いていた。

ただ、俺には一つ引っかかることがあった。そんな笑顔には騙されない。

「いや待て、お前そんなこと言いつつ、罰ゲームのとき楽しそうに俺に砂かけてたよな」

「……あ、バレてた？」

十色はてへっ、という感じで舌を出す。いやいや、誤魔化されないぞ。

「今度アイス一個」

「承知しました！」

しゅばっと敬礼をする十色。こんなときだけは聞き分けのいい奴だ。まぁ十色のことだし、自分の分も買ってきて一緒に食べようとまで考えているのだろう。

「ところで、まゆ子には気づかれてなかったのか？」

俺はふと思い、十色に訊ねた。彼女が罰ゲームを受けるのを防ぐため、わざと勝負に負ける彼氏。非常に恋人同士らしい一面ではないだろうか。もしまゆ子が見ていたら、俺と十色の関係を本物だとわかってくれるかもしれない。

しかし、十色はふるふると首を横に振った。

「まゆ子ちゃんには何も言われなかったね。そのあとの、ビーチバレーのときはすごかったんだけど」

「あー、そうだな。あれは、俺たちのミスもあったからな……」

みんなでビーチバレーをすることになり、最初、俺と十色、まゆ子と中曽根がペアを組んで戦うことになった。チームに分かれてコートに入るとき、俺たちはいつものように作戦の相談を交わした。

『正市、フォーメーションαね』

『おう。作戦名「がんがんやろうぜ」だな』

名作のパーティゲームの中に、ミニゲームとして対戦型のビーチバレーがあったのだ。俺たちはチームを組み、最強設定のCPUを一度でいいから倒そうと、かなりやりこんでいた。そのときに使っていた合言葉が、無意識に出てしまっていた。

『いやいやいや、今のは一朝一夕で身につくコンビネーションじゃないでしょ！』

まゆ子が鋭くツッコんでくる。

『こ、この頃二人でゲームをするようになってね、そのときの合図が出ちゃって』

と、十色が説明するも、

『いやいや、最近つき合い始めた二人の仲よし感を通りすぎて、ベテランのチームワーク感が出てたぞ。二人、なんかやってんの？』

としつこく追及され、その後の試合中もずっと俺たちの行動に目を光らされていた。

「まぁ、こっちから明かさない限りはわたしたちが仮初のカップルだとバレることは絶対にないし、大丈夫なんだけどねぇ」

そう言って、十色はほわっと笑ってみせる。

バレることはない。ただし、その間まゆ子の追及はずっと続く。それは俺たち——特に十色にとってはかなりの精神的負担になるのではないだろうか。

まゆ子は俺と十色という組み合わせに違和感があると言っていた。やはり、問題はそこなのだ。ならば俺が、なんとかできればと思うのだが……。

俺は考えながら、離れたところにいるまゆ子の方を見る。まゆ子が何か話してへらへらと笑い、中曽根が怒ったように何か言い返している。またまゆ子が中曽根をからかうようなことを言ったのだろう。仲がよさそうだ……多分。

「お前はこっちにいていいのか？」

ふと思い、俺は十色に訊ねた。

「ん？　いいのいいの」

十色はちらりと二人を見て、それから海の方へ視線を戻す。膝をぎゅっと抱き、体操座りの身体をさらに小さく丸めた。

「何か恋人ムーブをしないとなーって」

海面を眺めたまま、そうぽつっと呟くように言う。

「……何かって？」

「うーん。考え中」

珍しいな、と俺は思った。いつも何かしらアイデアを持って、やろやろーと寄ってくるのに。

かと言って、俺にも案は浮かばない。恋人ムーブに関しては、これまで十色に任せっぱなしだったのだ。

俺がしばし考えていると、十色が続けて口を動かす。

「正市と海くるのってさ、初めてだっけ？」

「……そうだな、こういう海岸みたいなとこで遊ぶのは初めてだな。釣りでは何度かきたことあるけど」

「あー、行ったね行ったねぇ」

十色がぽんと手を打ち、顔を明るくした。

俺たちの住む町から海は比較的近いのだが、今いるようなビーチと呼ばれる場所はなく、ほとんどが漁港や堤防になっていた。そういったところに、小学生の頃、十色の家族と一緒に釣りにつれていってもらったことがあった。アイナメやメバルなんかを釣って帰り、料理して食べたのを覚えている。

「正市さ、エサのゴカイにびびりまくってたよね。気持ち悪くて針につけれないって」

「あれ、フォルム完全にヤスデだろ？　それがさらにぬめぬめしてるし……。むしろお前よく触れたよな」

十色がゴカイを平気で持って、面白がってこちらに近づけてきた光景が脳裏に蘇った。

「やー、ぶっちゃけ無理してたよ？　普通に気持ち悪いし。でも、正市がめちゃめちゃ怖がってくれるから、面白くてさ」

あはは、と笑う十色。そんなどうでもいいところで身体張らないでくれ……。

「……とにかく、脚過剰系の虫が苦手なんだよ」

蜘蛛まではまだセーフだ。それ以上の本数の脚は、想像するだけで思わず顔をしかめてしまう。

すると、その話を聞いた十色があっと目を大きく開き、足下を指さした。

「正市！　サンダルの上、フナムシが！」

「いや、フナムシがいるのは岩場とかだろ？」

「そゆとこ冷静、面白くなーい」

十色が尖らせた唇をこちらに向けてくる。

その他愛もない会話に、俺は自然と笑みを漏らしていた。

そして、少し話に間が空いたとき、俺は考えていたことを口にする。

「恋人ムーブだけど……。別に、こうして座って話してるだけでいいんじゃないか？　ほら――」

そう言って、俺は辺りを目で示す。俺たちと距離を空けて何組か、同じように海岸で寄り添って座っているカップルが見受けられた。

みんな夕陽に包まれたこの雰囲気に浸りながら、愛を語らったりしているのだろうか。

「……それだけでいいのかな？」

「いいんだろ。だって、俺たち以外のカップルはみんな、模範解答だ」

十色は首を回しつつ、辺りに視線を巡らせた。

「本物のカップルは、確かにみんなのんびりしてる」

「ああ、余裕を感じるよな」

俺がそう答えると、十色がくすっと微笑んだ。

「でも、ただ並んで座ってるだけじゃないみたいだよ？」

その言葉が終わるか終わらないかのところで、ぴとりと、俺の右手に何かが触れた。

見れば、十色のひんやりとした指先が、ちょこんと俺の手の甲に乗せられている。

「……どうした？」

「ん？　模範解答を見てお勉強させていただきました」

「……なるほど」

言われてみると、確かにどのカップルも手を繋いだり、砂の上で手を重ね合ったりしているようだ。

だとしたら、まぁ、それが正解なんだろう。

俺が手に触れている十色の指を取り、握ってみると、十色がにへっと笑ってきゅっと握り返してくる。

俺たちは手を繋いだまま、時々言葉を交わしつつ、じんわり色が変わっていく景色を眺めていた。

〈7〉 女子部屋、そして男子部屋

鬼に金棒、炬燵にアイス、深夜のゲームにポテチ、わたし——来海十色にふかふかのベッド。

それぞれの前者を、いろいろな意味で最強にするためのアイテムたちが後者だ。

そして、旅行の夜に恋バナ。

そんなの常識だし、わかっていたはずなのに……。

「で、で、といろん。真園っちとは、実際のところどうなんだい？　正直に言っちゃいな！」

布団の上で座るわたしのそばに膝立ちになったまゆちゃんが、ドラマなんかで見る刑事の取り調べさながらスマホのライトを向けてくる。眩しい。

女子三人で本館の温泉に浸かっていたとき、このあと部屋で女子会をしないかと誘われたのだ。旅館でずっと正市とばかりいるのもなんだか悪かったし、せっかくの旅行をうららちゃんとまゆちゃんとも楽しみたかったわたしは、女子部屋にお邪魔することにした。

今日は持参のジャージに着替え、廊下を歩いていると、風呂上がりの正市と猿賀谷くんとすれ違った。女子部屋に行くことを伝えると、猿賀谷くんが『じゃあ正市は俺の部屋な』とすぐに声をかけていたので、今頃二人で何かしているのだろう。

対してわたしは、部屋に入った途端まゆちゃんの追及に遭ってしまっている。

くそう、罠だったのか！

「ま、まゆちゃんは好きな人とか、いないの？」

簡単には屈さないぞ！　わたしは両手でスマホのライトを押し返しながら、まゆちゃんに訊き返した。

「あたし？　あはは、いないいないない」

きょとんとした顔をしてから、片手を顎の前でぶんぶんと振るまゆちゃん。

「まゆ子の恋バナ、全然聞かないよね」

うららちゃんもわたしの方についてくれるのか、まゆちゃんの恋愛事情で話を広げてくれようとする。

「だって、今まで人を好きになったことってないし、好かれたこともないし。こんな騒がしいチビすけ、気になってくれる人もいないでしょ？」

「いや、自分で言うんかい！　そんなことないと思うけどねぇ。顔は悪くないんだし」

うららちゃんが苦笑いを浮かべ、わたしもつられて笑いそうになる。しかしその瞬間、ギラリと光る目がこちらを向いた。

「自分にそんな話がない分、他人の恋愛を目いっぱい楽しまないと！　さぁ、十色！」

わたしは「うっ」と目を逸らす。戻ってきた！

「あ、やましいことがある目だねぇ。吐けー、吐くんだー」

そうは言われても、これ以上吐くことがない。まゆちゃんには悪いと思うし、ファビュラスさんの実力も信じるけど……。

わたしはこの状況を脱する方法を探しながらも、思考の隅でぼんやり考える。

今頃正市、何してるんだろう——。

*

「やっぱりこういう日の定番と言やぁ、どの女の子の身体が最高だったか、という話題だろう……。おっと、どの子が最高なんて決めちゃあいけねぇな。一番なんてない、みんな違ってみんないい。だから今回は正市の好みを教えてくれ」

「………」

「すまん、愚問だったなぁ。お前さんが十色ちゃんを選ばないわけがありゃあしない。確かに文句のつけようのないナイスバディだった。しかし、どっちなんだい？　卵が先か、ニワトリが先か。十色ちゃんの身体を見たのが先か、おつき合いしだしたのが先か」

「………」

「海でたくさんお姉さんに声をかけたが、やはり我ら名北の女性陣はレベルがお高い。この高校を選んで正解だった。なぁ、正市」

……最悪だ。

十色が女子のところに遊びにいくということで、俺も猿賀谷の部屋にやってきたわけだが、初っ端からこんな感じだ。どうやらエロ話がしたくてしょうがないらしい。

別にエロが苦手というわけではない。ただ、このエロ玄人猿賀谷の勢いには、素人の俺では中々ついていけないのだ。

――十色は今頃女子同士、きゃいきゃい楽しんでいるのだろうか。

「おいおい、無視たぁ悲しいなぁ。旅行の夜ってこういうエロ話が基本だろう？　盛り上がろうぜ」

とうとう随分直接的にエロ話に誘われだした。

あんまりしつこいので、俺は渋々少しだけつき合ってやることにする。

「お前、海のときから女子の身体のことばかり言っていたけど、水着には興味ないのかよ。水着姿もそれなりに需要はあるもんだろ？　ほら、雑誌のグラビアだってあるわけだし」
「おお、正市の旦那の言う通り！　水着姿だってオレは大好きだぜ？　ただまぁ、それは昨晩のうちに妄想を済ませているだろう？　見たときに感動はすれど、やはり気になるのはその先のボディの方」
　そう言いながら、猿賀谷はテーブルにあった旅館備えつけのメモ用紙を手に取り、俺に見せてくる。
「なんだこれ？」
「オレが昨日寝る前に書いた、予想だ」
『まゆ子ちゃん
ワンピース型水着　ちょっと大人っぽい色、生地　黒か白
うららちゃん
ビキニ　派手系　トロピカル　三角水着の可能性

十色ちゃん
薄い色合いの正統派ビキニ　白よりも、クリーム色か薄ピンク系』

それは今日、女子三人が着てくるであろう水着の種類の予想表だった。

文字を読んでいくうちに、俺は驚愕に目を丸くする。

「全部当たってるじゃないか」

「まぁ、あんまり外したことはないな」

何者なんだ……こいつ……。

俺は猿賀谷の顔をまじまじと見てしまう。

それに気づかず涼しい表情で、猿賀谷は続けた。

「まず、まゆ子ちゃん。あの子は自分をロリっぽく見せようとする節がある。自身の強みをしっかりわかってるんだな。そこからあの、一瞬スクール水着に見誤ってしまいそうになるワンピースは簡単に読める。けど一方、心の方は成熟していて、決してその思惑を明かそうとはしない。あの形のワンピースを選びつつ、その生地やカラーは大人っぽいものをチョイス。『え？　スクール水着？　あなたが勝手にそう思っただけでしょ？』と周りを自省の念に駆らせるような悪戯っぽさを必ず入れてくると踏んでいた」

「お、おう」

「次、うららちゃんも考えればわかる。あの子は三人の中で一番気を遣うタイプだな。十色ちゃんもよく気づく子だけれど、うららちゃんは常に他人のことを中心に考えているタイプだ。そこで、今回の旅行を盛り上げようと、派手な水着を着てくることはわかっていた。ギャルっぽい見た目も踏まえると、柄はトロピカル、ボタニカル調で決まりだ。そして、水着における派手さを演出できるのは、やはりビキニなわけだが、あとで説明する十色ちゃんが、スタンダードなビキニを着ることは、よく周りを見ているうららちゃんならもちろん気づいていたはず。だからどこかに、工夫を入れてくると計算していた。ビキニは決まりつつ、柄以外で差別化できるとしたらあとは水着の形だけ。となると、より人目を集める三角ビキニを選ぶに違いない。実際、パンツを三角にしていたな」

「へ、へぇー」

「最後、十色ちゃんは簡単だ。あの子は要領がいいからな。こういうときは変に目立たず当たり障りなく、それでいて自分の魅力を最大限に押し出せる水着を選ぶのが目に見えている。まぁ、体育のときにスタイルのよさは確認しているから、ビキニ一択だなぁ。そこに加え、今は彼氏に可愛く見られたいという想いも考慮する。まず、外すことのないよう形はシンプル優先。それに、女の子っぽい可愛らしさのある薄い色味だな。そこまで考えているかどうかはわからないが、下着っぽい色の水着って、男なら無性にドキドキしちまうよなぁ。計算かセンスか女の子の本能か、十色ちゃんはそういう色味のビキニを着てくると確信していた」

よ、よくわからないけど、すごい。

「いいか、旦那。乙女心と向き合えば、水着姿くらい忠実に妄想できるものなんだ。覚えておくといい」

驚くべき神業を披露された前では、俺はその言葉に頷くしかない。

しかし一つだけ、疑問があった。

猿賀谷の、水着の予想は全て当たっていた。その実力は認めざるを得ない。ただ、その説明には間違っている箇所があった。

彼氏に可愛く見られたい――。そんな思いで、十色が水着を選ぶことはあり得ない。だって、十色に本物の彼氏はいないのだ。

それでもどうして、猿賀谷の予想は当たったのか。

十色はなぜ、あの形、色の水着を選んだのだろう――。

☆

あんまり問い詰められても、わたしに話せることは何もないのだ。

まゆちゃんのしつこい追及から逃れるため、わたしは反撃をすることにした。

「まゆちゃんこそ！　ファビュラス様に、運命の人は身近にいます——って言われてたよね。あれ、どう思ってるの？　心当たりあるんじゃないの？」

そうなのだ。まゆちゃんの奴、みんなで占いに行った際、ちゃっかりそんなドキドキな宣告を受けていたのだ。まゆちゃんはそのとき、『誰のことだ？　全くわからん！』と答えていたが、実は密かに心当たりがあるのではないだろうか。

というか、まゆちゃん自身、絶対に気にしているはずなのだ。何しろ、ファビュラス様の言うことは絶対！　なのだから。

「あー、あれ、数日間考えてみたんだけど……」

そうまゆちゃんが話しだす。わたしは「おっ」と思って、次の言葉に集中する。

「多分ファビュラス様の言ってたの、ゴン太のことだな」

「ゴン太？」

うららちゃんが繰り返して訊き返す。

「そう。最高のパートナーなんだぞ？　毎日添い寝してくれる。もふもふさせてくれる。

つまらない話も嫌な顔せず聞いてくれる」

まゆちゃんがあまりに当たり前のように話すので、わたしは一瞬ツッコむのに躊躇してしまった。

「……えと、ゴン太って、い……い――」

「ウチで飼ってる犬だ」

「だ、だよねぇ」

やっぱりそうだった。名前は知らなかったけど、ゴールデンレトリバーを飼っていると聞いたことがあった。

「いや、人じゃないじゃん」

うららちゃんが冷静に指摘を入れる。

「でもオスだぞ？」

「そういう問題じゃない……」

うららちゃんに呆れたような口調で言われ、「うはは」と笑うまゆちゃん。

「でも、ほんとに心当たりないの？」

わたしは話を戻す。

「ないなー、学校も、バイト先もいい人いないし」

「まゆ子、案外受け身タイプなのかもね。普段こっちからは好きになれなくて、告られて好きになっていくタイプ」とうららちゃん。

「そんなタイプあるのか？　告られたこともないからわかんない。二人と違って顔面アドバンテージもないし、一生そんな機会ないかもだな」

冗談を言ったように、へらりと笑うまゆ子。

しかし笑い終わりの際、その目に何やら思案の色を覗かせたように感じたのは、わたしの気のせいだろうか。

それにしても、まゆちゃんめちゃめちゃ可愛いんだけどなぁ。顔も幼げながら綺麗に整ってるし、髪もふわふわでちょっとくるだけで巻いたみたいになって羨ましい。まだ一五歳だし、今後へのポテンシャル十分だ。

告白されないのは女子たちの間でにぎやかし役みたいになっているのが原因だろうか。いや、そもそも高校一年の時点で、誰かとつき合ったことがある人の方が少ないというのもある。わたしだって、本物の彼氏はいたことないし。

「じゃあさじゃあさ、顔で言ったら？　クラスの中だと誰が——」

そうわたしが続けようとしたとき、

「てか！　といろんさっきから、自分から話逸らそうとしすぎだぞ！」

そうまゆちゃんが遮ってきた。

ちっ、バレたか。

「でも、気になるんだもん。まゆちゃんの恋愛事情」

「それはっ、先に十色が全ての事情を喋ってからだー」

セリフの語尾を伸ばしながら、まゆちゃんがわたしに突っこんでくる。二人して布団に体を倒す中、まゆちゃんがわたしの脇をこしょばしてきた。

「あっひっひっひっひ。ひゃ、ひゃったな！」

わたしはなんとか体を起こすと、まゆちゃんの脇腹に手を突っこんだ。

「ぎゃー、うははははは」

絶叫に近い叫び声をあげるまゆ子。身体をくねらせながら、仕返しをしようと手を伸ばしてくる。

「きゃっ、あっ、待って、そこは、んっ、ダメ」

まゆちゃんの手がジャージの襟から中に入ってきて、わたしは思わず変な声を出してしまった。

「あんたら、何やってんの……」

うららちゃんがため息交じりに言っている。

「うららちゃん！　そっちこそ、一人涼しいところで何やってんの！　ずるいぞ！」

巻きこんでやろうと、わたしがうららちゃんの腕を掴もうとしていると、まゆちゃんが転がるように布団の上から離れていった。

しばし、うららちゃんときゃいきゃい攻防を繰り広げていたわたしだったが、ふと、視界の隅でまゆちゃんが何やらこそこそしているのに気づいた。

「——あっ、それっ！」

畳にぺたんと座りながらまゆちゃんが触っていたのは——わたしのスマホだった。

*

「日本人男児の妄想力というのが、日々衰えているように思うんだ」

猿賀谷は、深刻そうな声音で語る。

「特に、インターネットが発達してからはその傾向が顕著に表れているなぁ」

「お前は何目線で話してるんだ？　ネットが発達する前を知らないだろ」

先程、水着予想というスキルを披露したあと、猿賀谷は俺がエロ話に興味を持ったと思ったのか、現代エロに対する自身の見解を話し始めた。

しかし冷静に考えれば、さっきの水着予想なんてほとんど役に立たないスキルで、一瞬感心してしまった自分が悔しい。

「女の子の身体を見たくなったとき。今は妄想するまでもなく、スマホを使って手元でなんでも調べられる。画像はもちろん、動画もいつでも再生できるんだ。女の子の裸を表示したタブレットにサランラップを敷いて、その上に刺身を並べて女体盛りなんてこともできるし、賢者モードに『ジト目　画像』で検索して表示し、手軽に得も言われぬ背徳感を味わうことだってできるだろう?」

「いや、マニアックすぎるだろ!」

なんだそのテクニックたちは。発想が危なすぎる。

「そうかい?　みんなやってるもんだと思って話していたが」

「お前、この国じゃ生きにくくないか?」

育ってきた文化の違いを疑うほど、考え方の時点で差が出てしまっていた。

「真面目な話だぞ。なぜなら、人はエロなしでは繁殖できない種族だからなぁ。それを伝えるため、神様も男女が交わる部分を気持ちよく作ってるってもんだ。人がエロに興味を持つのは当たり前。わかるかい?」

ふむ、と俺は考える。この変態、たまに正しいことを言う。

「だがそれだけではなくて、人は繁殖に至るまでに恋愛を必要とするケースがほとんどなんだ。感情が発達しすぎた結果、繁殖能力が他の動物よりも劣（おと）ってしまっている。オレはこの状況（じょうきょう）を危惧（きぐ）してる。ずっと正市の旦那と意見を交（か）わしたいと思っていたんだ」

「おおう、なんだかアカデミックな話になってきたな」

俺についていける話だろうか。心配になってくる。

「正市、一つ教えてくれ」

そう猿賀谷に言われ、俺は息を呑（の）んで身構えた。

一体何を訊（き）かれるのか。期待に応（こた）えられるだろうか。

猿賀谷がゆっくりと口を動かす——。

「いや、やっぱり気になっちまってなぁ。正市って、もう十色ちゃんとヤったのかい？」

「………」

部屋に戻ろうと決めた。

☆

スマホを取られるのは二回目だった。海外なんかじゃ掏摸（すり）が多いと聞いたことがあるけど、ここは日本だ。わたしの周り、治安悪すぎ……。

本来なら慌てるところかもしれない。

だけど、実はここまでは想定済みだ。あんまりわたしを舐めてもらっちゃ困る。

——ふっ、かかったな。

わたしは心の中でほくそ笑みつつ、

「ちょ、まゆちゃん、返せ！」

そうやって怒っているフリをする。

「やだぴょーん」

まゆちゃんは部屋の中を逃げ回りながら、スマホを操作しようと指でタップする。そして「えっ」と声を上げた。

「……といろん。これ……」

うららちゃんが「何なに？」と立ち上がり、まゆちゃんの手元を覗きにいく。

「えっ、待ち受け、真園じゃん！」

うららちゃんのその言葉に、わたしは「えへへ」と照れたように頷いてみせた。

そう、わたしはスマホの待ち受けを、正市の写真に設定していた。それも、アップの寝顔に。

「といろん、これ……。つき合い始めにありがちな、自分の彼氏を待ち受けに設定しちゃうやつじゃん」

まゆちゃんが、わたしの想定通りの反応をしてくれる。

ネットで初々しいカップルの特徴を調べると、まゆちゃんの言う通りの説明が出てきたのだ。つき合い始めの頃は、恋人がめちゃめちゃかっこいい（可愛い）と盲目になっており、芸能人でもなんでもない相手の写真を待ち受けにしちゃう、とか。中々辛辣だったな、あのサイトの文章……。

わたしはそれをそのまま実践していた。そして、まゆちゃんに次いつスマホを見られてもいいように備えていたのだ。

「ま、まぁ、そこまで好きってことならいいんじゃないの？」

と、うららちゃんが言ってくれる。や、優しい！

うららちゃんに「ありがとう！」と言って、それからまゆちゃんの表情をちらりと窺う。わたしと正市の関係を証明とまではいかないかもしれないが、わたしの正市への想い（仮）くらいは表現できたのではないだろうか。

まゆちゃんはしばしわたしのスマホに目を落としたまま、瞬き一つせずじっと固まっていた。

「……ん？　どうしたの？」

　何かがおかしい。不思議に思い、わたしもまゆちゃんの手元を覗きこみ、「あっ」と思わず叫んでしまった。

　いつの間にか、まゆちゃんはメッセージアプリのトーク画面を開いていた。

　――前回の失敗から学んだはずなのに。待ち受け作戦にばかり気を取られて、ロックをかけるの忘れてた……。

　しかし、何かおかしいやり取りでもあっただろうか。

「や、やめてよ、恥ずいじゃんかー」

　わたしは恐るおそる、まゆちゃんが持つスマホに手を伸ばす。

　あっさりと、まゆちゃんはスマホを離してくれた。しかし、それと同時にどこか訝しげな目をこちらに向けてくる。

「ねね、といろん、そのメッセージさ、ほんとにつき合い立ての彼氏とのやり取りなのか？」

　そう問われ、わたしはスマホの画面に目を落とす。横からうららちゃんも、ひょいと首を伸ばしてきた。

　開かれていたのは、もちろん正市とのやり取りだった。

『もうすぐくるか？　あれ持ってこいよ』

『りょ』

『まだか？　準備できたぞ』

『ちょい待ち』


「短文すぎない⁉」

と、声を上げるまゆちゃん。

「そ、そうかな？」

「『あれ』、でよく伝わるな」

「確かに、通じ合いすぎね」

うららちゃんもそんな感想を口にした。

「事前に会ったときに話してたんだよ。わたしが新しく買ったゲーム一緒にしよって。だから『あれ』でわかったの」

わたしが言うも、まゆちゃんは首を横に振る。

「うーん、そういう問題じゃなくて。つき合ってまだ数ヶ月の頃のメッセージって、もっとカラフルだと思うんだよなぁ。ハートが飛び交ってたり、せめて絵文字がついてたり。

顔文字派もいるだろうけど、このレベルの短文メッセは友達でも中々ないぞ」

い、言われてみれば、女の子の友達との短い会話でも絵文字はつける。というか、明らかにこのメッセージに恋人らしさがないことはわたしにもわかる。

「メッセージの頻度も少ないみたいだしさ。この短文のやり取りの前は、日付が三日飛んでるな」

「夏休みはほぼ毎日のように会ってたからさ。それにお互い、メッセージからあんまりラブラブするタイプじゃないし」

セリフの中に嘘はない。メッセージを送るタイミングがないくらい、夏休みの間は一緒にいたのだ。それに昔から、正市相手にはあんまり絵文字も使ったことがなかった。それはむこうも同じだ。その方が、変に気を遣わず気楽にメッセージを送れる。

でもまぁ、せっかくつき合い始めたし……。

わたしがそんなことを考えている間、うららちゃんがまゆちゃんの攻撃を止めてくれていた。

「まーゆー子ー？　あんまよそのカップルのことに口出ししすぎんなよー？　十色、困ってるし。それ以上言うなら――」

「あっひゃっひゃっひゃ、うらら、おまっやめっ、あひゃひゃひゃ。といろん助けて――」

完全に脇にこしょばしがキマっており、抜け出せず畳の上をのたうち回るまゆちゃん。

「まゆちゃん、もうわたしの話は終わり！　それより、この中にあと一人、恋愛に関する追及を受けていない者がいます！」

「う、裏切ったな！」

うららちゃんが手を止め、わたしの方を見てくる。わたしはにやっと笑い頷いてみせた。

「聞かせてよ、うららちゃんの恋バナ」

「そうだそうだ。あたしとといろんはもう十分被害を受けたぞ！」

まゆちゃんも同調してくれるが、被害が拡大したのはほとんどまゆちゃんのせいだ。

うららちゃんは目線を斜め上にやり、「えーと……」と考えながら口を開く。

「ウチ、そんな話全然ないからさー。でも最近――」

そう語りだしたうららちゃんの表情がどこかまんざらでもなさそうで、わたしは安心する。そして実際うららちゃんの近況には興味があり、話を引き出すように質問をぶつけていった。


気がつけば、午後一〇時をすぎていた。まだ少し話し足りないくらいだが、明日もバイトがあるので、女子会はお開きとなった。

正市は、もう部屋に戻っているだろうか。

わたしは廊下でスマホを取り出し、少し考えてから画面に指を走らせた。

＊

「待てまて正市、無粋なことを訊いちまった。けど、気になるもんだろう？　他の誰にも言わねぇから教えろよぉ」

立ち上がって扉の方へ向かおうとする俺の浴衣の裾を、猿賀谷が握って引き止めてきた。

「ちょっとでも真剣な内容かと思って聞いてた俺がバカみたいだった」

何がアカデミックな話だ。それはエロを正当化したいがための口実のようなもので、結局俺が話していたのはいつものただのエロ猿だった。

「真剣か真剣じゃないかはおいといて、男同士の旅行の夜っていやぁこうだろう？」

「こうだろうって言われてもなぁ、知らないし」

家族以外の人と旅行なんて学校行事くらいでしか行ったことないし。その数少ない学校行事でも、特別部屋で誰かと話すことはなかったんだよな……。

でも確かに、同室の連中は浮ついたように深夜まで、恋愛関係の話をしていたような記憶もある。

ならばもしかして、猿賀谷は俺とこの旅行の夜を楽しむためにこういった会話を──。

……いや、ないな。どうせ単純なエロ猿思考だろう。

俺が一人ため息をついていると、猿賀谷がぼそっと呟くように言った。

「まぁなぁ、わかってるさ。もうヤってんだろう？　本人の口から聞きたいという思いはあったけれどなぁ」

それは中々聞き捨てならない内容だった。

「ちょっ、お前何言ってんだ。俺と十色は──」

「いや、いいんだ正市、みなまで言うな。オレも無遠慮に訊きすぎちまった。反省はしている、後悔はしていない」

俺の肩にぽんと手を置いて、猿賀谷は目を瞑った優しい顔つきで首を横に振る。

「いやいや待てまて、おかしいだろ」

後悔もしろなどとツッコむ余裕は、俺にはなかった。しかし、続けて否定の言葉を並べる前に、

「な、なぜそう思うんだ？」

少しだけ慎重に、一度その理由を訊ねてみる。

「そりゃあ、そうなって当たり前だからだなぁ。つき合って約三ヶ月だというが、正市の旦那と十色ちゃんはとんでもなく仲がよく見える。きっとお互い気の合うベストパートナーなんだろう。そんな二人が夏休みの間、しょっちゅう家で遊んでいたという。仲のいい男女、それもカップルという関係の二人が、同じ部屋で毎日のようにすごす中、そういうことが起こらないという方が不思議じゃあないかい？　当然の帰結ってもんだ」

猿賀谷は話しながら、自分でうんうんと頷いている。

対して俺は、反論の言葉を発せないまま固まっていた。

俺と十色がそういう関係に至っていないのは当然だ。仮初のカップルという、偽物の関係だから。

ただ、これが本物のカップルだったらどうだ？

実際に彼女ができたことがないのでわからないが、猿賀谷の説明もあながち間違いではないのではないだろうか。むしろそういった男女の機微には、コミュニケーション力があり人脈も豊富な猿賀谷の方が詳しいはずなのだ。変態ではあるが顔はいいし、もしかするとそういった経験もあるのかもしれない。

「そういうもん……なのかねぇ」

俺のその曖昧な言葉に、猿賀谷は深く頷く。

「ああ、そういうもんだと思うなぁ」

「……まぁ、それぞれペースがあるだろうからなぁ」

俺はまた断言を回避しつつ、頭を回転させる。

普通のカップルなら、そういうもんだ。そう猿賀谷に提示され、急に真っ向からの否定が難しくなった。第一に、俺と十色が仮初の関係であることがバレてはいけないのだ。

しかし今後、そういう関係に至っているという態の行動をしていくべきなのか。それがどこかで、十色を傷つける結果になったりしないだろうか。

……すぐに答えは出なかった。

ぶぶぶ、と畳に置いていたスマホが震えて、俺は画面に視線を向ける。

十色からメッセージが届いていた。

『正市、いつ帰ってくるかな？　お部屋で待ってるよ』

俺は表示されていたそのメッセージに、思わず目を見開いた。

内容自体に変な部分はなかった。十色の方が先に女子の部屋へ遊びに行っていたので、そろそろ部屋に戻る頃かなとは思っていた。二二時をすぎ、夜ももういい時間だ。

ただ、明らかにおかしな点が他にあったのだ。

『待ってるよ』の文字のあとに、ハートマークが浮かんでいる。それも、三つ。

らしくない。一体どうしたのか。絵文字なんてこれまで送ってきたことないじゃないか。

「いやぁ、本当にラブラブそうで何よりだ。旦那、早く戻ってやんな」

床に置いていたので、メッセージは猿賀谷の目にも入っていた。にこやかな笑顔で、俺の背中をぱんっと叩いてくる。

「あ、ああ」

俺は返事をしながらも、しばしその文章を見つめて考えこんでしまっていた。

〈8〉 戦うバイト戦士たち

バイト三日目になると、少しは仕事に慣れてきたためか、気持ちに余裕が出てきた。

お昼のピーク前の今、入口付近にある手洗い場の液体石鹸が減っていることに気づいた俺は、それを補充しながらビーチの様子を眺めていた。

いい天気だ。今日も水着姿の男女がわいわいきゃあきゃあとはしゃいでいる。

初日だったか、ビーチを見て肌色面積が広いという感想を持ったが、今日冷静に観察してみると、茶色面積も中々幅を利かせていることがわかる。

海、なんでこんなに焼けて仕上がってるマッチョ多いの……？

ここまで筋肉を鍛え上げた方々、街中では滅多に遭遇することはない。まさかこういう人種は海岸に生息しているのかと疑うほどだ。

そんなことを考えていると、俺の隣に身内のマッチョが近づいてきた。こいつも結構鍛えてるんだよなぁ。

「正市の旦那、朝から何を見て黄昏れてんだい？」

「……マッチョの筋肉、と言ったら引くか？」

「お、おう……。いや、オレは全然いいと思うがな。そういう正市でも受け入れられる」

「すまん、冗談だ、勘違いやめて！」

よくよく考えたら、これはマッチョ相手に言っていい冗談じゃなかった。猿賀谷に受け入れられても困る。

「冗談か、安心したぜ。眺めるならやっぱり水着美女だよなぁ。ただ……」

「ただ？」

言葉が意味深に途切れ、俺は猿賀谷の顔を見る。その顔には、彼には似合わない陰りのようなものが差していた。

「……ただ、カップルが結構多いんだよなぁ。いくら可愛い子がいたって、パートナーがいちゃあ声もかけられない。オレはマナーは守るタイプだからな。声はかけても、迷惑はかけない。にしても見てるだけってぇのは寂しいもんよ」

「ナンパにマナーがあるのかは知らんが……。まぁ、カップルは多いな」

まぁ、普通に海で遊んでいる分にはあまり気にならないのだが、店の裏手の物陰でイチャイチャするのはやめてほしい。昨日、偶然遭遇してしまったときの気まずさったらありゃしなかった。気づけば絡まりあってるとか、お前らイヤホンかよ。

……まぁ、もしかすると昨日の夕方の俺と彼女も、誰かにそういう目で見られていたかもしれないので、あまり強くは言えないが。

「大学生になったら彼女作って、海沿いをドライブとか憧れるなぁ」

そう、猿賀谷が海を眺めながら口にする。

「大学生で……できるのか？」

俺はつい、現実的なことを考えてしまう。

「免許は一八歳になればとれるし、車はレンタルでもいいじゃあないか。そこを許容してくれる優しい女の子がいいなぁ」

「いや、そっちじゃなくて。俺が気にしてるのは彼女ができるのかって方で……ああ、彼女もレンタルか！」

「正市の旦那⁉　彼女は頑張って作るって！」

まずその変態を直さないと難しいぞ、と言おうとして、しかし俺は口を噤んだ。

そんな、上から目線でコメントできる立場ではない。仮初の関係である十色の威を借りて、偉そうにしているみたいではないか。他からはわからないのだろうが、自分の中でそれは避けたいことだった。

「……まぁ、頑張らないとな」

俺がそう言うと、猿賀谷はちょっと不思議そうに首を捻っていた。

仕事に慣れてきたとは言っても、頼られる存在と言うにはほど遠い。

俺は最低限の働きはしつつも、周りにいいところはあまり見せられていなかった。一番仕事ができているのは、やはりまゆ子だ。接客は自然な笑顔ではっきりとわかりやすい声。注文の品をトレーに載せて運ぶ際も、歩くスピードが全く落ちない。こっちで注文を取り終えたと思ったら、お客さんがきているのにも気づいてすぐに案内へ向かう。やっている仕事の内容は俺と同じだが、それぞれの動きの洗練度が全く違う印象だ。次に、中曽根だろうか。とにかく店内を動き回り、仕事を探してこなしている印象。あと、よく通る声をしており、お客さんへの挨拶やスタッフ同士のやり取りが店内に響き渡り活気を生んでいる。すでにこのバイト先に欠かせない存在といった感じだ。猿賀谷は客席とキッチンの洗い場の二刀流で活躍できる人材に育っているし……問題は、

俺と十色の二人だ。

根っからインドア派の俺たちは、とにかく体力がない。

「正市ー、もうヘロヘロだよー。今日も忙しすぎるよー」

正午を少しすぎた頃、俺がお客さんの離れたテーブルを片づけていると、十色が近づい

てきて手伝いに入ってくれた。髪をポニーテールにし、半袖の袖を肩まで捲りあげてやる気満々といった雰囲気なのだが、口からは「今にも倒れそうだー」と泣き言を漏らしている。

「俺はとにかく脚にきてるな。ふくらはぎが張ってて攣りそうだし、足の裏も常に痛い」

「えー、今日夕方までだよ、耐えられる？　水分補給のフリして休んできたら？」

「ちょいちょい座って回復は図ってるよ。十色こそ、無理はするなよ？」

そこまで話して、十色が「あはは」と小さく笑う。

「わたしたち、接客業向いてなさそうだね」

「そうだな。それが短期バイトでわかってよかったかもな」

「ていうか、そもそも立ち仕事が無理なんだよ。普段のぐーたら生活との差が激しすぎる」

自分でぐーたらと自覚しているとは、十色さんさすがだ。家でのだらけ具合は、本当にひどいからな。もしダメ人間コンテストがあったら間違いなく優勝して、賞金でまたダラダラしちゃうレベル。

会話をしつつも決して手は止めず、俺はテーブルを隅々まで拭き上げる。いくら向いていないとわかっても、お金をもらっている以上、今の仕事はきっちり勤め上げなければならない。入口を見ると新規のお客さんが入ってくるところで、俺は丁度準備の済んだ席に座ってもらうため早歩きで案内へ向かう。

注文を聞いて伝票を書き、それをキッチンに回したところで、ひと仕事終えたとばかりに俺は「ふぅ」と息をついた。

事件が起きたのは、そんな束の間の休息の中だった。

「ちょっと！　店員さん、これ見なさいよ！」

女性のお客さんの、怒鳴り声が店内に響き渡った。水着の上に白のパーカーを羽織りサングラスを頭に載せた、金髪の女の人だ。年は三〇代に突入しているくらいだろうか。ターゲットになっていたのは、丁度近くを歩いていた十色だった。

「ど、どうされましたか？」

十色はおずおずと女性のテーブルに近づく。俺も気になって、そちらの方へ移動する。もし何かヤバそうな雰囲気なら、とにかく間に入らなければ。俺に何ができるかはわからないが。

そばにきた十色に向かって、女性は手にしていたグラスを突きつけた。

「これ、見て。グラス、飲むとこが欠けて、そこからヒビが入ってるでしょ！」

なるほど、女性が怒っている理由がわかった。

海月邸の海の家では、テイクアウトのお客さんには使い捨てのカップでドリンクを渡していたが、店内で食事をされるお客さんには注文の前にグラスで水を出していた。その際、こちらの不手際で、ヒビの入ったグラスを使用してしまったらしい。

相手はかなり怒っているようだ。

やばい、謝らないと。

とにかく俺も一緒に頭を下げようと、近寄ろうとしたとき、

「だ、大丈夫ですか？　ケガはありませんか？　口とか切ってたりしたら大変です」

十色が慌てた口調で女性に訊ねた。

「え、ええ。飲む寸前で気づいたからね」

「よ、よかったです。大変申し訳ございませんでした、こちらの確認不足のせいで……。あ、すぐにオーナー呼んできます！」

言って、キッチンへと向かおうとする十色。そのとき、騒ぎを聞きつけたのか、小春さんが暖簾の奥から出てきた。

十色が駆け寄って状況を報告する。小春さんは数度頷き、真っ直ぐに女性のもとへ行って頭を下げた。しばらく話す中で小春さんは何度も頭を下げていたが、女性が再び初めのように声を荒らげることはなかった。

俺が店の端でその様子を眺めていると、店長とバトンタッチして解放された十色が近寄

ってきた。

「お疲れ。大変だったな」

そう俺が声をかけると、

「やー、びっくりしたー。ドキドキしたよー。小春さん、大丈夫かな……」

お客さんの前なので小さく苦い笑みを浮かべながら、十色が言う。

「まぁ、あとはオーナーに任せるしかないしな……。これがクレームってやつか」

「んー、どうなんだろ。クレームって言うのかな？」

十色は人さし指を口元に当て、考えるような仕草を見せる。

「なんかさ、クレームって言葉って難しいよね。お客さんがクレームつけてきたっていうと、なんだか店側の方が被害を受けたような感覚になるんだよ。悪質なクレームでない限り、被害者はお客さんなのにね」

「あー、それは確かに。ほんとだな」

十色がクレームという言葉に違和感を抱いていた理由がわかった。なるほど、と俺は感心する。

「クレームを入れる、とか。お客さん側で言うのはいいかもだが、バイト側に立って使うのは注意が必要な言葉かもしれないな」

そう自身で理解するように、俺が口にしていたときだった。

「十色ちゃん、さっきはありがとうございましたー」

そんな言葉と共に、小春さんがこちらにやってきた。

「あのお客様、十色ちゃんのことをたくさん褒めていましたよ」

「えっ、褒めて？」

十色が目をぱちぱちとさせて首を傾げる。

驚くのも無理はないだろう。先程、あれほど怒っていたあの女性が、褒めて……？

「ええ。謝罪の前に、身体の方の心配をしてくれたことが嬉しかったらしいわ。普通だと、謝罪一辺倒になってしまったり、とにかく謝るその場しのぎになってしまうことが多いけど……。私も、中々できることではないと思います。うまく対応してくれてありがとう」

俺は小さく「ほぉ」と感嘆の声を漏らした。

確かに、突然自分が怒られている状況の中で、相手の心配をするというのは難しいかもしれない。俺なら多分、初手から連続謝罪でやりすごそうとしてしまうと思う。

「とにかく、ケガしてたら大変だと思って……」

そう十色が言うと、小春さんが頷く。

「その通りです。そんな、お客様の気持ちに寄り添った接客ができたということですねー。

素晴らしいです。旅館の従業員には日々指導しているのですが……洗い場に食器をもっと丁寧にチェックするよう伝えてきます」

小春さんはにっこり笑うと、そのまま客席をぐるっと大きく回りながらキッチンへ戻っていった。

十色が大きく息をつく。

「ふー、やー、よかったよー。こんなの初めてだし、どうなることかと思ったけど、よかった」

そう言いながら、十色はどこか照れたような笑みを浮かべる。

そんな彼女を前に、俺はさすがだなと思った。

人それぞれ、仕事内容に向いている、向いていないはあるかもしれない。

だけど十色なら、持ち前の器量や素の優しさを武器に、きっとどんなバイトだって要領よくこなしていけるのだろう。

＊

その日、もう一つ事件というか、問題として挙げられたのが、女子スタッフに対するナンパだった。どうもこの海には泊まりで遊びにきている観光客が多いらしく、可愛い女子が働いていると知ったお客さんたちが翌日もリピートできては、声をかけていくようになっていた。

「お姉ちゃん可愛いねぇ、彼氏はいるのー？」

「すげー美人、一緒に写真撮ろうよ」

「ここでずっとバイトしてるの？　明日も会いにこようかなぁ」

「なぁなぁ、水着で働いたりはしないの？　店長に相談してみなよ、売り上げ上がるよー」

そんな感じで朝から、夕方に差しかかってもしょっちゅう話しかけられている。

中にはヤバい奴もいて、

「おお、お姉さん、ほんとに可愛い……。よ、よかったら、ボクが下着の買い取り査定してあげようか？　よよ、よかったら」

なんて声まで聞こえてきた。

あまりの変態さに猿賀谷かと思ったが、彼は近くのテーブルで拭き上げ作業をしている。見れば、海なのにワイシャツを着てカメラを持った小太りの男が、中曽根にキッと睨まれ「ひぃ」と短い悲鳴を上げていた。

ああいうタイプの変な奴まで寄ってくるとは。海はやはり人を開放的にするようだ……。

「え、やばい、めちゃめちゃタイプなんだけど。お姉さん、バイト何時に終わるの？」

また一人、大学生くらいだろうか、茶髪にピアスという見た目のチャラい男が十色に声をかけだした。

「やはは、ありがとうございますー」

苦笑いで適当に受け流して、その場を離れようとする十色。

「マジで、本当にお願い。連絡先だけでも教えて？　こんなに可愛い人、もう二度と出会えない気がするから！」

「やー、ごめんなさいー」

振り向くことなく、十色は俺の立っている方へ歩いてくる。

しかし次の瞬間、そんな彼女の耳に驚愕の一言が飛びこんだ。

「ちぇー。じゃあ、そっちのお姉さんはー？　めちゃめちゃ美人だね、よかったら連絡先――」

なぬっ、と、これには思わず振り返る十色。

十色が離れて五秒も経たない間に、男が中曽根に声をかけ始めたのだ。

結局誰でもいいんかい、と、俺もツッコミを入れたくなる。

俺の隣に戻ってきた十色は、少し不服そうに頬を膨らませていた。

「なんだろう。なんか納得がいかないんだけど」

「お、おう」

「可愛いって言われて、内心でちょっとだけ喜んじゃったのが、とても悔しい……」

「それはなんていうか……お疲れさまです」

俺が他にうまい慰めの言葉を探していると、十色がちらりとこちらを見てきた。

「正市、今の見てたんだ。ねね、ちょっとは心配とかしてくれたのかな？」

ん？　心配？

俺が首を傾げるも、それに気づいていないのか十色がにまにました顔で続ける。

「でも安心してね、わたしがナンパされてついていくなんてことは絶対ないから」

俺の顔を見上げるような角度で、

「わたしには、正市という彼氏がいるからね」

そう言って、あざといウインクを決めてきた。

「……お、おう」

「反応薄っ⁉」

作った涙声で、「彼氏までわたしに冷たいよー」などと言っている十色。

いやだって、リアクションが難しかったんだもん。彼氏がいるいないに関係なく、そもそも十色がそんなナンパについていくような性格じゃないことは知ってたし……。

なので、心配なんて言われてもピンとこなかったのだ。

ただ、声をかけてきた男の方には、ちょっとイラっときたようなこなかったような。でも俺は本物の彼氏でもないし……となんだか複雑な感情になっていた。

その男もまた、中曽根にキッと睨まれ、丁度今すごすごと退散するところである。まゆ子が中曽根に、「うははは。さすがモテモテは大変だねー」とからかう調子でいい、同じ視線をキッと向けられていた。

「いやー、うららちゃんはお客さん相手でも容赦（ようしゃ）ないねぇ」

いつの間にか猿賀谷が、俺の隣で腕（うで）を組んで立っていた。

「確かに、半ば店から追い出してるに近いからな」

俺が答えると、猿賀谷は「うーん」と唸（うな）る。

「それがいいことかどうかはわからないが……マナーの悪いナンパ師が多いのは問題だな」

ほう。マナーの悪い客、ではなく、ナンパ師ときたか。ナンパ自体はいいが、マナーが重要らしい。そういえば今日の朝、何か語ってたな。

「だよねだよねー。さすが猿賀谷くん、わかってるー」

先程（さきほど）被害（ひがい）に遭（あ）った十色が、猿賀谷に同調する。

「じゃあ、どんなふうにナンパするのが正しいんだ？」

「プロのやり方を教えてあげて、猿賀谷くん」

純粋に気になった俺が訊ねると、十色もノッてきた。

猿賀谷はうんうんと大仰に頷いてから、口を開いた。

「いいか？　基本は簡単、やることはシンプルだ。相手を褒める。世間話を振りつつ会話に持ちこむ。うやむやに流されてしまわないよう、こちらの要望をはっきりと伝える。最後に、相手の都合は必ず考慮する、だ」

ふむ。猿賀谷のキャラクターと、その堂々とした語り口調からとても説得力がある。ただ、少し抽象的というか、具体的にどんなふうに話していけばいいのかわからない。

「最初は褒める、だったか？　それって例えばどんな感じだ？」

そう俺は質問をした。いや、別に実践するつもりは断じてないのだが、そういうのって気になってしまうものだろう？

「褒める、は一番簡単だぞ。相手の見た目、いいなって思った点を率直に素直に褒めてあげるんだ。胸、大きいですねとか、胸、綺麗ですねとか。おっぱいセクシーですねとか」

「胸部しか見てないじゃん！」

当然のツッコミが十色から入る。

「お前それで、成功率は……？」

俺が恐るおそる訊ねた。

「そうだなぁ。妄想上はこの方法で確実なんだが、ほとんどの女の子が褒めた時点で離れてしまうんだ。はて、最近の子は照れ屋さんみたいだなぁ」

……え、なんであんなに偉そうに語れてたの。

いや、俺も近頃、大事なことを失念することがよくあった。もう二度と、エロ猿がエロ猿であることを忘れてはいけない。

「そもそもナンパなんてしてくる人に、マナーなんてないんだよ」

隣で十色がぽつっと、この件の本質を呟いていた。

カップルにしかできないこと。幼馴染にはできないこと。

三日目のバイトも、無事終了した。

不思議なもので、バイト中は長く感じる時間も、思い返してみるとあっという間。バイトに入るのは明日が最終日と言われると、なんだかあっけない感じまである。

まぁ、至るところに一晩寝ただけじゃ回復できない疲労が残っており、肉体の方はもう悲鳴を上げているのだが。俺には接客業は、このくらいの長さがちょうどよかったのかもしれない。

この日もいつものように海月邸の本館でご飯を食べ、温泉に入らせてもらった。そういった福利厚生の面では最上級のサービスを受けられており、とてもよいバイトだったと思う。泊まっている部屋だって、営業していない旧館と言いつつとても綺麗で窓からの眺めも最高なのだ。

来年もお願いと言われたら……一人で働くのはまだちょっと心配なので、またみんなでなら是非きたいと思う。

正直、意外であったが、かなり楽しめてるし……。

そんなことを考えながら、俺は本館の売店の買い物袋と、着替えを入れたビニール袋を手首にぶら下げ、旧館へ帰る道を一人で歩いていた。

耳をすませば遠くに波の音が聞こえる。近くの草むらからは、高く小刻みな虫の声。涼しい潮風が日中の熱気はとうに運び去ってしまい、浴衣の襟元から心地よい空気が忍びこんでくる。

途中くらいまできたときだった。静かな道に、誰かの声が響いた。

「ねぇ、ちょっと！」

な、何事だ⁉　てっきり辺りには自分一人だと思っており、俺は驚いて声がした背後を振り返る。

一〇メートルほど後ろに、少し急ぎ足でやってきたのか、軽く肩で息をする一人の女子の姿があった。

「……ああ、中曽根か」

「十色じゃなくて悪かったわね」

別段むっとするわけでもなく淡々とそう言って、中曽根は足を止めた俺のもとへ近づいてきた。風呂上がりなのだろう、浴衣姿の彼女の丸い頬は少しだけ火照った色をしている。

腕には紺の布地で中の見えないトートバッグを提げていた。

「別にそういう意味じゃ……。けど、その十色は？　一緒じゃないのか？」

　俺は疑問に思って訊ねた。

「十色、ウチがお風呂あがるとき、まだゆっくりしてくってお湯に浸かってたからね。ウチはのぼせそうだったからつき合ってあげれなくて、まゆ子はウチより先に上がってたからみんな別々」

「あー、そうなのか」

「この時間だと、どうだろ。ウチ、結構長い時間、本館でお土産見てたから。もう先に部屋に戻ってるかもね。今日声かけてきた連中が近くに泊まってるかもだし、一人は危ないって話してたんだけどね」

「あー……なるほど」

　中曽根はとても丁寧に教えてくれた。こんな俺にも、というと少し卑屈すぎるだろうか。だけどまだ、中曽根のようなスクールカーストトップのギャルと二人で会話をするのには慣れていない。みんなでいるときも、中曽根が俺に直接話しかけてくることはなかったし……。なんとか平常を保っているが、内心はとんでもなく緊張を感じている。

　相手が長く話してくれても、うまく答えられなくて「なるほどー」などと簡単に繋いでしまいがちなのは、コミュニケーションが苦手なぼっちあるあるだろうか。

このバイト期間中に、ちょっとは慣れたいのだが……。

そうこう思っているうちに、中曽根が俺のそばまでたどり着く。

そういえば、以前に一度学校で、二人で話す機会があったが、そのときも急に中曽根が後ろから話しかけてきたっけ。俺、もしかして背後が隙だらけなのか？

俺が自分の弱点を学んでいると、

「とりあえず進もうよ」

中曽根がそんなことを言ってくる。

「えっ、お、おう」

まさか一緒に帰ることになるとは。これはバイト仲間として、当たり前の流れなのか？　それとも中曽根さん、何か企んでいたり――はっ、まさか暗闇に乗じて⁉　いや、ないない、それならさっき声をかけないだろう。

しかし、これはチャンスではないか？

十色の女友達と、なんとか普通に喋れるようになる。今はその訓練のよい機会だ。俺は中曽根のあとに続きながら、思いきって先に口を開いた。

「……バイト、どうだ？」

――よしっ、短文だがこちらから話を振れた！

そんな俺の内心などどこ吹く風。中曽根はちらとだけ流し目で俺を見て、すぐに返事をくれる。

「ウチ、バイト初めてだったんだけど、働くのって楽しいね。前からまゆ子みたいになんかやりたいと思ってたんだけど、部活があるから……。だから今回、単発でバイトにこれてすごいよかった」

「ほんとか。そりゃあよかった」

「うん」

俺の気の利いているかわからない相槌に、中曽根は頷きを返してくれる。それから続けて口を動かす。

「けどまぁ、やっぱ大変だよね。とにかく忙しいって感じ」

「あー、そうだよな。初日なんか目が回ったもん」

「わかる！　もう、猫の手も借りたい気分ってやつ？　いるなら出てきてくれにゃー」

「……にゃー？」

「…………」

「…………」

そこで会話が途切れ、シーンとなる。

……まさか今の、訊いちゃいけないところだった⁉　いや、いきなり語尾に「にゃー」とかつけられたら気になってしまうだろう。え、中曽根さんそういうキャラだったの？

「へ、変なとこ引っかかんないでよ！　ノリで言っただけじゃん、ノリで」

「あ、す、すまん」

こほんこほん、と咳をし、ぱたぱたと顔を手で扇ぐ仕草をみせる中曽根。どうも中々恥ずかしかったようだ。すぐに言葉を継いでくる。

「にしても、猫の手って借りて意味あんのかな？　あんな丸い手、役に立つ気がしないんだけど。いや、肉球はぷにぷにだけどさ」

「ん？」

今度は本気で引っかかりを覚え、俺は会話を止めてしまった。

「……そもそも、忙しすぎて誰でもいいから——猫でもいいから手を借りたいってことわざだから。普通は猫の手を借りても意味ないぞ？　過度な期待はやめた方が……」

目の前で、中曽根の頬から耳がかあっと赤く染まっていく。あれ、なんだかこの光景見たことがある。

中曽根さんのアホの子ムーブは、今日も健在なようだった。

「で、でも、忙しい中、すごく動き回って頑張ってるよな。その割にミスもないし。同じ接客係をしていて、俺はかなり中曽根の働きに助けられてる」

ことわざの間違いのフォローのように口に出したが、全て俺の本心だ。

中曽根は足を止め、俺を振り向く。しかしすぐに前に向き直ってから、小さく言った。

「そう言ってもらえると嬉しいな。……ありがと」

お、おお、逆に俺がお礼を言われるとは。俺はドギマギしながら歩を進める。少し前にいた中曽根に追いつき、二人横並びになって歩きだす。

「あんたはどうなの？」

今度は中曽根からこちらに訊いてきた。

「俺か？　俺はもう毎日てんやわんやで。立ち仕事に耐えうる体力もないし……」

本当に、猫はどこだにゃー気分である。

「それもだけど……十色とはどうなの？」

「十色？　どうって、普通にいい感じだぞ」

「……ちゃんと、つき合ってるのよね？」

中曽根が再び足を止めた。大きな目で俺の顔を真っ直ぐに見つめてくる。

「……ああ。なんでだ？」

俺も立ち止まり、中曽根と向かい合った。

……やばい、また中曽根にも疑われているのか？　と思ったが、中曽根は首を横に振る。

「いや、別に、ちょっと気になっただけなんだけど。最近まゆ子が変なこと言いだすから」

「あれは占いに振り回されてるだけなんだろ？」

「まぁ、そうなんだけどねぇ」

中曽根は俺から目を逸らし、どこか遠く、暗い海の方を眺める。

「……ただ、そんなまゆ子に釣られて、あんたたちのことを気にする人も出てきてるっていうか。例えば楓。十色に彼氏がいないと、楓の好きな春日部がまた十色に寄ってくかもしんないって、最近ずっと心配してる」

「あー」

そんな、俺の思いもよらないところでも影響が出ているのか。春日部は以前、仲間内で、十色のことが気になると明言していたことがあった。彼氏という明確な存在、俺というバリアがしっかりしていなければ、いつかそれを突破してきかねない。

「それに、まゆ子にそんな話ばっかりされて、十色も悩んでるみたいだし」

「……そうだな」

それは俺もところどころで感じることがあった。たまに一人で考えこんでいることがあったり、変なタイミングで一拍思案する間が入ったり。

そういえば、昨日は突如、絵文字つきのメッセージを送ってきていた。部屋に戻って訊くと、『恋人ムーブだよ、恋人のいちゃいちゃメッセージムーブ。どう？　ラブラブ気分を味わえた？』と笑っていた。

ただ、メッセージなんて他から見られることのないプライベートな部分で、しかも急にそんなことをしてくるなんて、何か様子が変だと思っていた。本来そこは、幼馴染ムーブの領域のはずなのだ。

……にしても、と俺は中曽根の横顔を見た。

どうも彼女は自分の友人たちのことを心配し、俺に話を聞こうと声をかけてきたようだった。性根が世話焼きなのかもしれない。俺の視線に気づき、不審げな顔で疑問符を浮かべる中曽根。なんだか見ているとほっこりした気分になってきた。

「中曽根っていい奴だよな」

「は、はぁ？　何よそれ。と、とにかく、ちゃんとつき合ってるのよね？」

慌てるように言ってから、中曽根はちらと、俺が手にしていた売店の袋に視線を落とした。

「ああ、大丈夫だ」

そちらのビニール袋の中には、十色と一緒に食べようと買ったプリンが二つ入っている。

「……そう。じゃあ、頼むわよ」

中曽根は俺から目を離し、持っていたトートバッグを漁りだす。すぐに中から黄色いカバーケースのついたスマホを取り出した。画面をトントンとタップして、表示させた画面をこちらに見せてくる。

「これ、ウチのメッセージアプリのＱＲコード。十色のことでなんかあったら連絡してきていいから」

まさか、こんなタイミングで十色以外の女子の連絡先をゲットすることになるとは。俺は恐るおそる、そのＱＲコードを読み取る。モノクロでポーズを決めた中曽根のアイコンが、俺のスマホに表示された。

「あー、ウチもなんか食べたくなってきた」

スマホをしまった中曽根はそう言って、一人新館の方へと戻っていった。

＊

部屋に戻ると、灯りは点いていなかった。畳の室内が、窓からの月明かりにぼんやりと青白く照らされている。ただし浮かび上がるのは決してロマンチックな光景ではなく、朝はバタバタで布団も畳めず、三泊目で荷物も散らかっている部屋の惨状だった。綺麗だった旅館に、なんという生活感……。

どうも、十色はまだ帰ってきていないらしい。

中曽根より長く風呂に浸かっていたらしいが……まさかそのまま湯舟で寝てるんじゃないだろうな。

心配だがどうやって確かめようか。そう考えながら俺が部屋に入っていったときだった。

すー、すー、と、どこからともなく寝息のような音が聞こえてくる。

部屋の奥にぐちゃぐちゃのまま放置された布団の陰。覗いてみれば、そこに旅館の浴衣姿で眠っている十色の姿があった。

俺は静かに彼女のもとに近づく。そして、衝撃的なものを目撃してしまう。

——待て！　なんで十色の奴、下着着てないんだよ⁉

浴衣が大きくはだけ、彼女の身体が見えてしまっている。アウトな部分はかろうじて隠れてはいるが、大面積の白い肌が窓からの柔らかい明かりに晒されている。

俺は驚いて後ずさる。するとその音で、十色が薄っすらと目を開けた。

「……正市？　おかえりー。こっちおいでよぉ」

「お、おお、でもお前、とりあえず服……シャツとかパンツは？」

「んー？　浴衣だし、お風呂上がりだもん。着てないよぉ？　あー、正市、もしかしてぇ、興奮しちゃってたり？」

言いながら、十色は布団に手を突きむくりと身体を起こす。浴衣の袖が落ちるギリギリで肩に引っかかり、綺麗な鎖骨のラインが完全に露わになる。

「し、してねぇよ。ていうか、喋り方も変だぞ。なんかぼーっとしてねぇか？」

「ちょっとねぇ。お風呂でいっぱいあったまったからかなぁ」

「のぼせたのか？　大丈夫か？」

「ううん、平気へいきー。それより早く、こっちおいでー？」

「いや、でも」

「いいじゃん、何も気にしなくてさ。だってわたしたち、つき合ってるんだし」

十色は不敵な笑みを浮かべ、膝立ちになって俺の腕を掴み、ぎゅっと抱き寄せてきた。布団の方に引っ張られ、もう一方の手を突きながら倒れこむ。浴衣越しに、今まで感じたことのない柔らかさに腕が包まれていた。

いいじゃん、というのは何を許されたのだろうか。

つき合っている。だがその関係はもちろん仮初だ。それは十色もわかっているはずで、その上で——。

俺の脳がフル回転をする間、十色がいつものあの言葉を吐いてくる。

「正市、恋人ムーブだよ――」

その目がとても虚ろだった。

次の瞬間、十色の身体がふらりと揺らめき、ぼふんと布団に倒れる。

「十色⁉」

俺は慌てて近づき、彼女のそばに膝を突いた。身体を軽く揺らすも、反応がない。暗くて気づかなかったが、その額は汗でじんわり濡れており、浴衣もぐっしょりと湿っていた。

「おい、十色、大丈夫か？」

そう呼びかけ、反応を窺う。すると、かすかだが規則正しく穏やかな呼吸音が聞こえてきた。

――寝た、のか？

お風呂でのぼせていたのか、そもそも疲れが溜まっていたせいか。どうやら身体が限界を迎えてしまったらしい。

にしても、この格好のまま放っておくわけにはいかない。絶対に風邪をひいてしまう。

浴衣、びしょびしょだし、その下は何も着てないし……。

どうしよう、と俺は考える。

起こすか？　それとも――。

☆

――あれっ、やばいかも。わたし、ほんとにのぼせて……。

布団に倒れたあと、くらくらとする頭で、わたしはそんなことを考えていた。

口調も、ふわふわした雰囲気も、全部お風呂でのぼせたフリだった。浴衣の中は思いきって全部脱いで、寝たふりをして、そして挑発をする。そんな、恋人ムーブ。

しかし、本当にこれを実行するかお風呂で迷い、お湯に浸かりすぎてしまった結果、ほんとにのぼせてしまったみたい。

頭がぼんやりする。

頬に触れる布団がひんやり気持ちいい。

正市、もしかしてひいちゃったかな。

顔がぼやけて見えないな。

ほんと、ドジっちゃったかも……。

だんだんと意識が遠のいていく感覚に、わたしは気づかないうちに呑みこまれていた

――。

　ハッとわたしは目を覚ました。薄暗い明かりの中、暗く渦を巻く天井の木目が目に飛びこんでくる。

　ここは……今泊まっている旅館だ。

　そう理解するのに、少し時間がかかった。

「十色、目が覚めたか！」

　顔を傾けてみると、隣の布団で胡坐をかいてスマホをいじっていたらしい正市が、こちらを見ていた。

「気分はどうだ？　寝息が安定というか、いつも通りだったから、一応様子見にしてたんだが。もし体調が悪いようなら病院に行こう。今、近くの救急病院を調べてたんだ」

　そんな話を聞くうちに、思い出す。

　わたし、倒れてそのまま寝ちゃってたんだ――。

　どんどん記憶が蘇り、ぽんこつスペックのわたしの脳がやっと寝落ち前の状態に復元を果たした。枕元のスマホをタップして、時間を確認する。倒れた時間が曖昧だけど、多分三〇分くらい眠っていたようだ。

わたしはゆっくりと身体を起こす。そして、ある異変に気づいた。

「あれ……？」

わたし、さっきまで、部屋着のジャージ着てたっけ……？

自分の姿を見下ろしながらわたしが眉をひそめていると、横で正市があたふたしだした。

「あっ、やっ、それは……。見てない！　暗闇の中、しかも目を逸らしながら手探りでやったから何も見てないぞ！」

ふむ、正市が着替えさせてくれたのか。

……………え、ちょっと待って、恥ずかしすぎる。

全部見られた？　いや、本人は見てないって。ほんとか？　ほんとなのか？

だけど、寝落ち前はあんな挑発しといて、気にしてるなんて思われたら余計恥ずい。

「浴衣がびしょびしょだったから、着替えないと風邪ひくと思ってさ。あ、小春さんから体温計借りてきたんだ。一応熱計ってみろよ。結構疲れ、溜まってるんじゃないか？」

正市は本気でわたしのことを心配してくれていたようだ。わかってる、そういう人だ。変なことせず精一杯、見ないように当たらないように着替えさせてくれているところが想像つく。

不意に下半身が気になって、ズボンの中を確認する。……ノーパンだった。

「さ、さすがにパンツを穿かすのはどうかと思ってな。すまん、そのままズボンを……。あ、浴衣を着た状態で穿かせて、それから浴衣を脱がせたんだぞ。もちろん、横を向きながら」

本当に申しわけなさそうに、かつ必死に状況を説明してくれる正市。なんだかそれがおかしくて、わたしは思わず笑ってしまった。

「とか言いつつ、実はちょっと触った？」

「さ、触ってねぇよ！」

「例えば事故で手が当たっても、今回の場合は仕方ないよね。不可抗力ってやつだ。許すよ？」

「触っても当たってもない！　本当だ！」

「……触ってはないけど、ちらっと見てもバレないよねぇ」

「ほんとに、見てもないから！」

「あはは。ごめんごめん、迷惑かけたね。わたしが悪いから、正市は何も気にしなくていいからね」

面白くて、ついからかってしまった。あと、なるべくわたしが気にしてないことも伝えたくて。

最後は深く頭を下げて、ちゃんと謝っておく。

「いや、迷惑なんて……。それより、まだ横になってた方がいいんじゃないのか？　なんか飲みたいもんとかあるか？」

「大丈夫だよ。ほんとにありがと。……ごめんね」

「……なんで二回も謝るんだよ」

この前も、正市をベッドに引っ張って寝かせて変な雰囲気にしちゃったことあったっけ。あのとき反省したのに、またやってしまった。

恋人ムーブ、のつもりだったのだ。

カップルらしいこと、カップルしかやらないこと、カップルにしかできないこと。そして、幼馴染にはできないこと――。

いろいろ調べていると、わたしたちに足りないのってやっぱりこういうことなんじゃないかって。こういうことしか思いつかなくて。

バイト初日、慣れない環境で正市と着替えるときに覚えたドキドキは、とても初々しいカップルっぽく感じた。また、そういう感覚を味わいたくて……。

「普通のカップルってなんなんだろうね」

無意識のうちに、わたしは呟いていた。ハッとして正市を見ると、彼は視線を下に向け、何やら考えてくれている様子だ。

「……普通のカップルってのはわからないけど。でも、俺たちは恋人ムーブを頑張らないとだよな。明後日は帰るだけだし、明日、まゆ子になんとかカップルだと思われるように。バイトのあとは打ち上げで花火もやるらしいからな」

正市はそう明るく言って、こちらの表情をちらりと窺ってくる。

「――うん！　そうだね！　明日も頑張ろう！」

もうこの空気はここでおしまい。気を遣わなくていいよと、わたしはテンション高めの声で示した。

「さぁ、旅行の夜、楽しむぞ！　正市、ゲームだゲームー」

「お前、体調は大丈夫なのか？」

「元気げんき！　ていうか、ここで遊ばにゃ死んでも死にきれん！」

「さっきそんな死線を彷徨うレベルだったのか？　というか、ゲームに満足しても死ぬなよ。あと、今日は早めに寝るからな」

ぶつぶつとわたしに返事しながら、ゲームの準備を始めてくれる正市。そんな彼の背中を見ながら、わたしは思う。

やっぱりわたしたちは、これだよね――。

〈10〉事件は恋の始まりに

バイト四日目。

明日は朝、荷物をまとめて列車で家に帰るだけなので、実質今日がバイト最終日だ。

道中、海を見ると小さな波が陽光にキラキラと輝いていた。今日も暑くなりそうだ。

四日間、ずっといい天気だったことになるのだが、それはつまり、バイト的にはとても忙しい毎日が続いたということであり、損をした——いや、もう最終日だしマイナスな考え方はやめておこう。

——あと一日、頑張ろう。

俺は心の中で唱え、気を引き締めた。

海の家が見えてきたとき、一緒に歩いていた十色が「正市、ちょっと止まって」と声をかけてきた。

「ん、どうした？」

訊ねながら、俺は足を止める。

「や、大したことじゃないんだけどね」

そう言いながら、十色は俺に近づいてきて、俺の着ている半袖（はんそで）のバイトTシャツの袖にちょいと触れた。そのままその袖を、何回か折るようにして肩まで捲（まく）り上げる。

「最終日だし、ちょっとこなれ感というか、みんなと同じ服装でも着方に気を遣ってる感を出したいなと思って」

「あー、なるほど」

確かに、ほんの少し手を加えただけだが、見た目のイメージは結構変わる気がする。これだけでそういった印象づけができるのか。

もう片方の腕も、十色が捲ってくれる。こうして人前で女の子に服装をいじられるのって、なんだかとてもこっぱずかしい。そういえばこの前の校外学習の日、十色に服の裾（すそ）をタックインされたときも、同じような感覚だったっけ。

俺がそんなことを思い出していると、十色が「それに……」と口を開いた。

「この着方、他のみんなはしてないから。わたしと二人のおそろになるよ」

「ほお。おそろ、か」

言われてみれば、十色は初日からTシャツを肩まで捲って着ていた。こういう部分でカップルの仲のよさを滲（にじ）みだしていければいいのだが。そう思いながら、俺は十色に「ありがとな」と礼を言う。

「いえいえ、袖捲っただけですから。よしっ、これであと一日、頑張ろー」

完成、とばかりに十色がぽんと肩を叩いてきた。

「猫背、気をつけてね」

「あい」

俺たちはまた戦いの舞台——バイト先へと歩きだす。

最終日だから気合いを入れているのだろうか。十色の髪型はここ三日毎日お見かけしていたまとめるだけのポニーテールではなく、ハーフアップのお団子にグレードアップされていた。

*

こなれ感……ってなんだっけ。

結局最終日になっても、俺は目まぐるしい店内で、その忙しさに目が回りそうになっていた。仕事は覚えても、この慌しさには慣れそうにない。

他のメンバーにいいところをみせるというミッションは、俺にはまだ早かったようだった。

「うはは。この店がこんなに繁盛してるのも、あたしたち美女三人組がバイトにきたおかげだな」

俺の隣に立ったまゆ子が、顎に手をやり大袈裟に頷く仕草をみせながらそんなことを言う。

確かに、実際リピーターの男性客は何人か見かけたし、ナンパ目当てで入ってくる客もいる。店内を見回し、「ほんとだ！　可愛いじゃん」などと会話している人たちもいたので、SNSやレビューサイトで口コミが広がっている可能性まであるかもしれない。

なんて俺が考えてると、横からまゆ子がつんつんと肘で俺をつついてくる。

「ちょいちょい、早くツッコんでくんないと。美女三人組？　どこにいるんだーって」

「お、おう？」

俺は戸惑った返事をしつつも、すぐにまゆ子の言葉の意味を理解する。

要は、美女の中に自分もカウントしてツッコみを待つ自虐ネタだったのだろう。

中曽根、十色はまぁ、一〇人に訊けば一〇人が納得する美少女だろう。だけどまゆ子だって、可愛い系としてみれば、そのポテンシャルはかなり高い。同じ学年の中でも相当上位に食いこんでくるはずだ。

だから俺はこう答えた。

「美女三人、いるだろ？　十色に、中曽根に……ここにもう一人」

言いながら、まゆ子の方に首を向ける。

不思議そうに目蓋をぱちぱちさせていたまゆ子だが、やがてその目が大きく開かれる。

「ほほー。いいね真園っち、意外と言うねぇ」

面白そうな弾んだ声音で、まゆ子が言った。

「でもでも、彼女がいるのに他の女の子に美人なんて冗談でも言っていいのかー？　あ、なるほど、別にそういう関係じゃないから平気ってことか？」

「まだ言ってるのか。今の話、絶対に十色にはしないでくれよ。怒られるから」

「ふーん。ま、りょーかい。今回のは面白かったから許してやろう……あと、あんがとな」

悪戯っ子のようなにやにやで俺の顔を見ていたまゆ子だが、席に着いているお客さんに呼ばれ、「はいっ！」と一瞬で仕事モードに戻った。

すたたたっとお客さんのもとへ近づくまゆ子を見送り、俺は小さく息をついた。

先程の自虐ネタ、どうも彼女は本気で口にしていたようだった。

スクールカーストでいうと上位の華やかなグループにおり、恋愛系の話も好きなようだが、自身の容姿については無自覚なのだろうか。十色や中曽根がナンパされたりしたときも、まゆ子はよく二人をからかう役に回っていた。今考えるとそれは、とても意外なことに思えた。

だから、だろうか。冗談っぽい会話の中の、最後の「あんがとな」に、そこだけ本気の響きを感じたのは。もしかしたらそういうふうに褒められるのに不慣れなのかもしれない。

このあとその不慣れさを原因の一つに事件が起きることを、そのときの俺はまだ考えもしなかった——。

*

除菌漂白して乾されたダスターたちを、水に濡らして絞って畳む。それをすぐに手に取って使えるように、ダスター置きとされたステンレスの小さな箱の中に立てて詰めていく。

……こういう一人の単純作業が一番落ち着くんだよなぁ。

時刻は午後三時。お昼のピークがすぎ、接客の仕事が落ち着いたので、俺はキッチンの隅でダスター四つ折りの匠と化していた。この四日間で何枚のダスターを畳んできたか。

いや、手持ち無沙汰なときにやる仕事としてちょうどいいんだ、これが。

　ざっと三〇枚以上のダスターを畳み終え、キッチンから客席に戻ったときだった。

　背の高い男が二人、入口の近くで立っているのが目に留まった。

　黒髪をオールバックにした猿顔の男と、全身日焼けしすぎて目と歯が異様に白く見える金髪の男。二人はなぜかその場から動こうとしない。不思議に思ってよくよく見れば、二人に挟まれるような形でまゆ子が立っていた。妙に思い、俺はそちらに近づき耳をそばだてる。

「ねぇ、もうすぐバイト終わるんでしょ？　いいね、今日という日を一緒に楽しもうぜ！」

と、黒髪オールバックが今にも肩を組みだしそうな勢いでぐいっとまゆ子に身を寄せる。

「あ、あ、あたし？　他の二人じゃないの？」

　一歩後ずさるまゆ子。すると反対側から、

「キミだよキミ。キミに決まってるじゃん。ていうか、こいつがキミのことめちゃめちゃ気に入ってて、ちょっと遊んでやってくんない？　たくさん盛り上げるからさー」

　今度は日焼け金髪が、途中で黒髪オールバックを顎で示しながら言った。

「い、いやー、そういうのはちょっと、あたしは専門外っていうかなんというか」

　まゆ子は胸の前で両手をぱたぱたと振る。その仕草は、とてもあわあわしているように見えた。

「えー、ダメ？　ていうか、彼氏はいるの？」と黒髪オールバック。

「そ、そんなのはいないけど」

「じゃあいいじゃんいいじゃん。夏の海だぜ？　楽しまなきゃ損そん。流れに身を任せて自分を全部解放してこうぜー！　大丈夫、優しくするから」と日焼け金髪。

「か、解放とかそういうのはちょっと、できないっていうか……」

「あれ？　なんか顔赤くない？　あ、解放って別に変な意味じゃないよ？　何想像しちゃったの？」

日焼け金髪がにたにたと笑い、

「でももし何か解放したくなったときは、オレが全部受け止めてやるから、安心して」

と、黒髪オールバックも追随するようににやにやする。

「あ、あはは。や、その、あたしは何もできない、から」

まゆ子が目を横に逸らしながら、苦い笑みでそう言う。

どうもまゆ子の様子がおかしい、と俺は思う。いつものまゆ子であれば、逆に相手をからかうような軽い返しで、上手に煙に巻いてしまうはずだろう。こうして終始相手にペースを握られている彼女の姿は、俺の知るまゆ子からはあまり想像できなかった。

「ほんと可愛いねー。このままつれて帰りてー」と黒髪オールバック。

「え、いやー、あはは」

そこは笑うところではないだろう。やはりまゆ子の調子が悪い。

そして今までのやり取りから、なんとなく俺はその原因に気づいていた。

おそらく、まゆ子はナンパをされ慣れておらずテンパっている。自身の可愛さに対する無自覚さから、まさか自分がという驚きもあるのだろう。十色と中曽根と並んでいたとしても、十分選択肢の一人となり得るポテンシャルを持っているというのに。

経験の少なさと、その突然さに、パニックになりうまく対応ができなくなっているのだ。

ただ、今はそんな分析をしてもなんの意味もない。

「バイト、終わるのまだまだでしょ？　店も暇になってきたっぽいし、抜けて大丈夫じゃん？」

男たちにしつこく絡まれて、まゆ子が困っている。

「ちょっと、あんたたち何やってんの――」

屋外の席で作業をしていた中曽根が戻ってきて、すぐに事態に気づく。中曽根がまゆ子の方へ歩み寄ろうとするのと、まゆ子の手首が黒髪オールバックに掴まれるのはほぼ同時だった。

そのとき、俺たちの中で一番まゆ子に近いところにいたのが俺だった。十色は丁度キッチンに、猿賀谷は洗い場に入っている。

なので、黒髪オールバックが手を出した時点で中曽根と同じく足を踏み出していた俺が、自ずと一番に男たちとまゆ子の間に割って入っていた。

「やめてください。嫌がってるので」

「ああ？」

男たちは、こういう事態も想定済みなのだろう。俺の姿を見ると、二人ですごんでくる。

「聞こえなかったですか？　その手を離してください」

ただ、睨みだけなら姉の星里奈の方が何倍も鋭く迫力もある。なんとか俺は目を逸らさずに言葉を返せる。

ただし、その先になると話は別だ。

「なんだ、このひょろがり」

日焼け金髪が己の体格を示すように、ずいっとこちらに身体を寄せてくる。

「失せろよ。なんでお前みたいな海の似合わねぇ奴が海の家でバイトしてんだよ」

言いながらも、黒髪オールバックはまゆ子の手首を離さないままだ。

「それは別に関係ないでしょ」

俺は答えながら、頭を回転させる。ちらりと、キッチンへ繋がる暖簾の方を窺った。

とにかく今は少しでも時間を稼げ。まゆ子から標的をこちらに移させろ。俺は勇気を振り絞って、口を開く。

「お二人こそ、なんでその顔でナンパなんてできるんですか？」

瞬間、日焼け金髪ががしっと胸倉を掴んできた。店内が一気にざわつくのが意識の隅に入ってくる。

「どこのブスが口きいてんだ？　ナンパできねぇ？　お前は女に話しかけることすらできねぇだろ。クソガキが」

そんな、男が唾を撒き散らしながら発した言葉に、

「その人はわたしの彼氏ですけど。バカにしないでください。ていうか、そっちは女の子に嫌がることとしてる時点で話しかける資格ないです」

いつの間にか店内に戻ってきていた十色が、はっきりとした口調でそう返した。

十色が入ってくることは想定外だった。あまり巻きこみたくはなかった、という思いと同時に、その彼女のセリフに胸の奥がかあっと熱くなるのを感じる。

ただ、これはさらに相手をヒートアップさせてしまうんじゃ……。

金髪が「ああん？」と十色にしゃくれた顎を向けた、そのときだった。

「お客様、何をされているのでしょうか。私の大切な従業員たちに」

この場においては異様なほど静謐な声が、辺りに響いた。凛と空気が澄み渡るようなその声に、周囲の喧噪がしんと収まる。

キッチンから出てきた店のロゴ入りTシャツ姿の小春さんが、普段の和やかな笑顔でこちらに近づいてきた。

「なんだ？　あんた店長か？　おたくの店員さんが、お客様に舐めた口きいてきたんだよ。どういう教育してんの？　どうしてくれんの？」

日焼け金髪がそちらを見て、さらに勢いづいたように低い声でまくし立てる。おそらく小春さんが身長も低い、か弱そうな女性だったからだろう。

ただそれが見た目だけということを、この中で俺だけが知っていた。

「こちらが訊いてるのは――」

日焼け金髪の威圧的な態度をものともせず、小春さんは真っ直ぐ俺たちの方に近づいてきた。俺の胸倉にかかっていた奴の腕に、そっと手を伸ばして触れる。そして次の瞬間、

「この手はなんだってことですっ！」

その腕を一気に捻り上げた。日焼け金髪の身体が反転する。小春さんはその勢いのまま日焼け金髪を床に組み伏せた。

これを待っていた！

元々、小春さんが喧嘩が強く、とても仲間思いであることは星里奈から聞いていた。

最初はまゆ子が手を出され、やばいと思い咄嗟に飛び出したのだが、そのあと男と対峙する中で、状況の打開策として小春さんに頼る方法を思いついたのだ。

俺と男たちが揉めているというシチュエーション、キッチンにいる小春さんが気づけば必ず助けにきてくれるだろう。

それまで時間を稼ぐ間、まゆ子から標的を俺に移すため。また、小春さんに気づいてもらえるよう騒ぎを大きくするため。俺はわざと相手を挑発するようなことを口にし、精いっぱいの勇気で堂々と振る舞っていた。後に退くことができず、必死だった。

日焼け金髪が抵抗を図るが、さらに小春さんに腕を締め上げられ「ぐうぅっ」と唸り声を漏らして大人しくなる。

「て、てめぇ……」

そんな二人の後ろで、黒髪オールバックが歯を噛みしめながら小春さんの方を睨んでいた。怒りから手に力が入ったのか、まゆ子が顔をしかめながら「いつっ」と声を漏らす。

小春さんが、今度はそちらに鋭い眼光を向けた。

想定外の事態が起こったのは、ここからだった。

俺、小春さんの目の前に、大きな人影が立ち塞がる。

その人影は、ずんずんとまゆ子と黒髪オールバックの方へと迫っていた。そして、黒髪オールバックがまゆ子を掴んでいた手をがしっと握る。

「おい、お前らが声をかけたこの美人ちゃんは、オレたちの大事なだいじなクラスメイトなんだよ。――汚い手ぇ出してんじゃねぇ」

最後、空気がびりびりと震えるほどの大声で、猿賀谷が叫んだ。

腕の筋肉が膨れ上がるほど猿賀谷が手に力をこめると、黒髪オールバックは耐えきれずまゆ子を離す。すると今度は奴の肩を突き飛ばすように、店の入口の方まで何度も押していった。

黒髪オールバックが離れ、ぺたんとまゆ子がその場で尻もちをつく。

相手も向かってこようとはするが、猿賀谷の力が強く、どんどん俺たちから遠ざかっていく。猿賀谷の勢いに押されてか、その力の強さにビビってか、黒髪オールバックがそこから暴力的手段に出てくることはなかった。

黒髪オールバックが店の入口から外に押し出されたとき、日焼け金髪が小春さんの腕を振りほどき、玄関まで駆けていく。最後までこちらを睨みながら、二人は海岸の人混みへと消えていった。

みんなぽかんとする中、戻ってきた猿賀谷がまゆ子に手を差し伸べた。

「大丈夫だったか？」

「あ……あんがと……」

その手を取って、立ち上がったまゆ子。その頬が、若干赤く染まっている。どこか居心地が悪そうに尻をはたき、それから中曽根や十色の方に「てへへ」と笑ってみせた。

その表情を見てようやく、俺は肩の力が抜けていくのを感じるのだった。

●

どこにでも転がっている、本当によくある話だと思っていた。オチもなくてなんにも面白くないし、興味なんて持たれないだろうから、これまで誰にも話したことなかった。

あたし、兎山まゆ子は、子供の頃、ずっと男の子みたいと言われて育ってきた。

小学校に入る前から、女子ながら少年野球のチームに入っていて、遊ぶ相手は男子が多かったし、髪もずっとショートカットだった。夏も冬も膝丈の半ズボンで、外を走り回ってたっけ。

別に、それが悩みってわけではない。

中学の頃は、さすがに女の子たちとつるむようになった。だけど、その友人たちの間で、

あたしは少年キャラで通っていた。

男友達に囲まれ身についた、男の子っぽい喋り方。細かいことは気にしないあっけらかんとした奔放さ。自由気ままな性格。

そこがみんなに好かれていると知っていたあたしは、そのキャラを変えることはしなかったし、それが一番楽でもあった。一方で、そこまで考えて行動をしているあたしは、奔放さとは程遠く、人間関係の機微に敏感なのではとも考えたりしてた。

まぁ、そんな感じで楽しくやっていたのだが、悩みはなくとも憧れはあった。

『女の子なんだからこういうのを読んだら？』とお母さんから買い与えられていた少女漫画。男友達には笑われるので言わなかったけど、わたしはその類の物語が大好きだった。

そこで描かれているキラキラした恋愛を、いつか自分もしてみたい。それも好きなのは、ピンチの主人公を王子様が助けにくる系のストーリー。

こんな女の子らしくないあたしのもとには、絶対にくることはないと思っていたから。

だからこそ、それはどんどん憧れとして、昇華されていった。

いつしか友達の恋愛話を聞くのが好きになったし、柄にもなく占いなんてものを信じちゃうようにもなっていた。

中学のときはまだ、男の子とつき合ってるなんて子は、いたにはいたがまだ少なかった。

高校に入ってから、だんだんとその割合が増えてきた気がする。いつか学年で、彼氏が一度でもいたことのある子の方が、半数を超えるときがくるんじゃないか。そんなことを思わされる勢いだ。

だから、いつか、こんなあたしにも……。

恋に憧れる少女は、誰にも言わずとも、少しの期待をずっと持ち続けていた。

だけど、にしても、よりにもよって。

――なんでこのエロ猿が……。

あたしを助けにきてくれたのは、学校の女子たちにも特別警戒人物に指定されている変態男だった。これまでなら絶対にごめんなさいなはずなのに、目のフィルターがぶっ壊れてしまったのか、そんな彼が今は本物の王子様のように輝いて見えていて――。

そもそも男の子はエロいこと考えちゃう生き物だしね、なんて擁護まで脳内で始めてしまう始末。

本当にいいのか、あたし、これで。

そんなふうに悩みつつも、身体が今までに感じたことのないような火照り具合をしていて。この感覚があたしの憧れていたものなのかもしれないと考えた瞬間、全身に身震いが走った。

残りのバイト時間の間、トクトクと脈を打つ心臓に手を当てながら、あたしは彼のことをずっと目で追っていた。

〈11〉 恋人ムーブというか、ただの本心

青白い月光が海岸を優しく包みこんでいた。

打ちつける波の音はとても穏やかで、たまに涼しい風が海を渡って顔を撫でていく。

現在、夜の九時。

辺りには数組のカップルと、一組の若者グループがいるだけで、それぞれ距離を取っているためお互いの声は聞こえない。

最後のバイトを終え、海月邸新館で晩ご飯を済ませた俺たちは、打ち上げのために海の家がある海岸まで出てきていた。あまり交流はなかったが、旅館の従業員も入れ代わり立ち代わり参加しており、今から花火を始めようというところ。

俺は海の家の入口に腰かけ、紙コップに入れたお茶を飲みながら、みんなの様子を眺めていた。

なんとなくこの雰囲気、昔行った臨海学校でやったキャンプファイヤーを思い出す。あのときも夜、海の近くの公園に集まったっけ。みんなで火を囲んでゲームやらダンスやら

をやったのを覚えている。

……そう。そのとき俺は、『みんな』の中に入っていた。

キャンプファイヤーなんてイベントは、ぼっちにとってはありがたい。やること、いるべき場所が与えられ、決して手持無沙汰にならないからだ。お手軽チープに仲間気分が味わえる。

それに比べ、修学旅行はどうだ。中学時代のそれには、自由時間とやらが存在した。

——最高だった。

学校行事の最中に、漫画喫茶に行けるなんて。それから当時流行っていたアニメの聖地を巡礼し、最後は一人カラオケまでキメた。

卓越したぼっちはぼっちになることを恐れない。生き方そのものがぼっちだからだ。ネットの掲示板なんかを見ると、そういった自由な時間がぼっちには辛いと見かけたことがあるが……。放課後の帰り道が一人でも、学園祭の準備が一人でも、体育大会のお昼が一人でも、それらを全て充実した時間に変換できるのがぼっちの強みなんじゃないだろうか。

……そもそも学校行事全部、ないならないに越したことはないのだが。

なので、俺は基本に則って、今日も集団から離れたところで一人のんびりすごしていた。

まぁ、すぐに誰かが近寄ってくる予感は、最初からしていたのだが。

「おつかれー、正市。あっちで花火、はっじまっるよー」

ノリノリで楽しんでいるらしい十色が、案の定絡んできた。

「すまん、今一人で飲みたい気分なんだ」

「コップの中身お茶なのにセリフがかっこよすぎる⁉」

驚き交じりのツッコみを入れたあと、にへへと笑って、十色が隣に腰かけてこようとする。俺は少しだけ右にずれて場所を空けた。

「バイト、おつかれ！」

「ああ、十色も。ほんとに疲れたな」

そう言い合いながら、お互い持っていた紙コップで乾杯をする。

「ぷはー！　仕事終わりに飲むジュースは最高だねー」と、十色。

「出た、酒の言い方だ！」

俺たちは笑って、それから二人で海岸の方を眺めた。十色は白のプリントTシャツに黄色い短パンというラフな格好。バイトのときに括っていた髪を今は下ろしていて、風が吹く度にふわりふわりと揺れている。

「なんか、この雰囲気、昔の子ども会を思い出すねぇ」

十色が和やかな声音でそんなことを口にした。

「あー、あの花火大会か？」

「そうそう！　あのときも、こうして二人だったよね」

それは子ども会という、俺たちの住む地域での小学生の集まりでのことだった。夏、それぞれの家で手持ち花火を準備して公民館に集まり、みんなで楽しむというイベントがあったのだ。

その頃、十色はまだ病気がちで、今みたいに友達が多いわけではなく、俺の方はもちろん言わずもがな。大勢が集まる場に出て行ったはいいが、結局いつものように隅っこで二人、花火を楽しんでいた。

そのときの、星が散るような花火の光が、脳裏に浮かんでくる。

「あれってなんで参加したんだっけ？　俺たちから進んでそんな集まりには行かないよな？」

花火をやりたくなったとしても、二人で公園か家の庭ですることを選ぶはず。俺はそういう性格だし、十色もあのときはそこまでアクティブではなかった。

「あれ、保護者も手伝いで参加しないといけなかったんだよ。ウチのお母さんと正市のお母さんが一緒に行ってて、親だけ参加ってのも変だからあんたたちもきなさいって感じで」

「あー、なんか思い出してきた」

確かそれぞれの保護者が食材を持ちより、焼きそばやたこ焼きを作っていたのだ。それが今日の晩ご飯だからくるようにと、母親に言われたんだっけ。

「そういやあのとき、お前、なんか誰かにお菓子を取られたとか言って泣きそうになってなかったか？」

ふと俺はそんな光景を思い出し、十色に訊ねる。

「あー、あれね。あれは子供の純粋な気持ちを踏みにじる、大人たちの最低な行為だったよ。……詳細、聞いちゃう？」

「おう」

長年の謎だったのだ。当時は十色が泣きそうだったためか、理由まで聞けず。俺もただただ十色に笑ってほしくて励ますのに必死だった。

「あの日さ、公民館に行ったとき、入口でおやつのお菓子配ってたでしょ？　みんなもらえるやつ」

「あー、あったあった。覚えてるぞ」

「わたし、そのお菓子をね、たくさんもらってたんだ。公民館の建物の裏手のフェンスに穴が開いてたから、そこから脱出して、今きたフリしてまた入口から入って。それを何週かしたところで、卑劣な大人たちにバレて、集めたお菓子、全部取り上げられちゃったんだよ」

「ただの自業自得じゃねぇか！」

あの日、ちょいちょい十色の姿が見えなくなるなと思ったら、そんなことをしていたのか。

「せっかく努力して、たくさん集めたのにだよ？」

「それはただのズルだ。努力とは呼ばない」

言いながら、だんだんそのときのやり取りが蘇ってきた。

「そういや俺、そのとき機嫌取ろうとして、自分が入口でもらったお菓子、お前にあげた気が……」

「……おいしゅういただきました」

十色が俺から目線を泳がし、若干唇を尖らすようにしながら言う。

「おまっ！　そのときの正市くんの純粋な気持ちを返せ！　心配して必死だったんだぞ！」

「うははは、ごめんごめん。許して、十色ちゃんの幼い悪戯心だよ」

少しおかしいと思ってたんだ。なぜいくら訊いても、その理由を話してくれないのか。

泣きそうだったからだと納得していたが、違ったようだ。当時の十色はお菓子を取り上げられても強(したた)かに、今度は俺の持っているお菓子にターゲットを変更(へんこう)していた。

なんて恐ろしい子！

「そのときからわたし、食い意地が張ってたんだねぇ」

「自分で言うのかよ」

その十色ののんびり口調に、俺もつい「ふっ」と息を漏らしてしまった。

こうしてみれば、今も昔も、俺は十色の行動に振り回されてばかりのようだ。

それからしばらくの間、俺たちは昔話を続けていた。

ひとしきり盛り上がったあと、会話が途切(とぎ)れる。

穏やかで心地(ここち)いい、無言の時間。

そんな中、

「ねぇ、正市」

十色が静かに口を動かした。

「もう、あんな危ないことしちゃダメだよ」

「……今日のあの男たちの話か？」

訊くと、十色はこくこくと頷く。

「あれはその、つい飛び出してしまったというか。でもそのあとは想定通りだったというか……」

俺は十色に、そのときの考えを説明した。最初は思わず前に出てしまったこと。男たちを煽ったのは小春さんの後ろ盾あっての計算だったこと。実は小春さんが、星里奈の先輩不良だったこと。

……計算、というとかっこいいが、実際は『早く！　早く助けにきてくれ』と焦りまくっていた。

「はえー。なるほど、そういう裏があったわけか」

「そうそう。小春さん、ああ見えて結構ヤバい人なんだぞ」

「完全に優しいほんわかお姉さんだと思ってた。まぁそれで、作戦自体はうまくいったわけだ」

そう言ったあと、十色はしばし考えこんでいた。

「いや、やっぱしあれは危なかったね。もうダメだからね」

「……はい。ていうか、俺の方だってハラハラしてたんだからな。お前がいきなり入ってくるから」

「いやー、あれは思わず身体が……」

「お前もかい！」

俺が言うと、十色は「やはは」と笑う。

「何も、あのタイミングで恋人ムーブしなくてもいいだろ」

――その人はわたしの彼氏ですけど。バカにしないでください。

そんな十色の声が、脳内に蘇る。

しかし俺の隣で、十色はふるふると首を横に振っていた。

「や、あれは恋人ムーブというか、わたしのただの本心というか……」

「本心？」

俺が訊き返すと、十色はどこかしおらしく身を縮めながらちょぼちょぼと尖らせた口を動かした。

「だって、正市がバカにされたのがイラッとしたんだもん。見ず知らずの奴が何言ってんだって。それで、気づいたら突っこんでた」

「お、おお……なんかありがとう」

「い、いやいやどうも……」

きっとお互い照れ臭く、妙にどぎまぎしたやり取りになってしまっていると思う。

「あ、にしても、正市も、ああいう場面で咄嗟に出ていけるってすごいと思う。ちょっと意外だったよ？」

意外、ときたか。俺のその行動には、実はもう少しだけ秘密があった。十色にだけは、話しておくことにする。

「ずっと、どこでいいところ見せようか、考えてたんだ」

「いいところ？」

「ああ。このバイト中、俺が十色の彼氏として相応しいと周囲に認めてもらうため。それが初日から中々うまくいかなくて、悩んでたところにこれだったから」

何かチャンスがあればなんとしてでもものにしたい。まゆ子と黒髪オールバックの間に咄嗟に割って入れたのは、常にそう考えていたためかもしれない。

「それで、だったんだ……。ほんとにありがと、正市」

「いやー、でも全部、奴に持ってかれてしまった感があるけどな」

「あー、猿賀谷くんだねぇ」

そう、十色が答えたときだ。

「俺をお呼びか？」

俺を見る十色の、その後ろにぬっと、猿賀谷が姿を現した。

「わっ、びっくりした！」

十色がびくっと肩を上げ、俺にくっつくように身を寄せてくる。

「よ、呼んでねぇよ。どうしたんだよ、急に」

十色の軽い重みを感じながら俺が言うと、猿賀谷は人さし指で頬を掻く。

「すまんすまん、びっくりさせちまったな。店の中に花火に使うバケツを追加で取りにいくところでなぁ。オレの名前が聞こえたもんだから」

偶然、通りかかっただけだったらしい。ナンパ男たちを追い払った張本人にいろいろ聞きたいところだったが、猿賀谷は先を急ごうとしている様子だ。

俺は一つ、どうしても気になっていたことだけ、ぶつけてみることにした。

「なぁ、どうしてあのタイミングでナンパ男に手を出したんだ？　いや、まゆ子を守ったわけだから、手を出したって言い方はおかしいかもしれないが。でも、お前が言うマナーがなってない連中は昨日も一昨日もいたはずだ。結構ひどいのも見た覚えがある」

猿賀谷はそういった男に立ち向かえるだけの勇気や実力を兼ね備えていた。それを実行する正義感も。ならば、どうしてだろう。

猿賀谷は足を止め、俺の方を向く。

「そうだなぁ。手を出したのはあのお二人さんの度がすぎていたからだが。そもそもちょっとマナーの悪い相手を追い払うくらいならいつでもできたんじゃあないか。そういう質問だよな?」

「ああ、そうだ」

俺が頷くと、猿賀谷は「いやぁ」と後頭部の髪を触った。

「理由は簡単なんだ。あんな連中でも、一応はお客なわけだろう? 一バイトのオレが追い払っちまっていいもんかどうか、判断に迷っちまったってわけだ。今日はオレが気づく前に、小春さんが駆けつけてすでに修羅場ってたもんだから。オーナーが奴らに手をかけたとくりゃあ、『お客様とて許せぬ』ってわけだろ? オレももちろん加勢しますよってことだ。……ダセェよな」

ナンパが繰り広げられていたあの店内を、一番冷静に見ていたのは彼だったようだ。

猿賀谷の言葉に、俺は首を左右に振る。

「そんなことないぞ。俺が言うなって感じかもだけど、男としてちょっと見直した」

猿賀谷は驚いたように目を大きくし、それからにかっと笑顔を咲かせた。

まるで待っていたかのように猿賀谷と入れ替わりで現れたのは、まゆ子だった。

「といろんに真園っち、今ちょっとお邪魔していいか?」

「うん、いいよいいよ!」

　十色がいつも友達と話すときのトーンで答える。ただ、その頬が強張るほんの少しの変化が、俺にはわかった。また何か俺と十色の関係を詮索されるのかと警戒しているのだ。

　俺も小さく唾を呑む。

　ただその一方で、まゆ子は何か憑きものが落ちたかのような朗らかな表情をしていた。

「いや、一言お礼を言いたくて。ほんと、助けてくれてありがとな、二人とも。どうしよどうしよってテンパって、お恥ずかしいところをお見せしました」

　まゆ子は自分の頭頂部をぽんと叩きながら、わかりやすく照れた表情を浮かべる。

「にしても、真園っち、中々やるじゃんか。真っ先に間に入ってくれて……。なんか、といろんが真園っちを選んだ理由がわかった気がする。いろいろ言って悪かったよ。……ファビュラス様も調子悪いときあんのかな」

　俺と十色は思わず顔を見合わせた。結果的にだが、俺の思惑通り十色との関係を認めてもらえたらしい。

　……いや、なんかあっさりしすぎてないか？

　十色も同じ気持ちだったようで、訝しげに眉根を寄せている。

　そんな中、まゆ子が辺りをきょろきょろ見回し始めた。

「ところで、猿賀谷はどこ行ったんだ？　こっちの方にきてた気がしたんだけど。花火始まっちゃうぞ」

「え、猿賀谷くん？　さっき店の中にバケツ取りにいったけど。……まゆちゃん、猿賀谷くんと花火するの？」

珍しい組み合わせだね、という意味合いで、十色は訊ねたのだろう。だが、その言葉を聞いた途端、まゆ子が慌て始めた。

「そ、そそ、そんなんじゃないそんなんじゃない！　ただちょっと、今日のお礼ちゃんと言えてないし。あとなんか、美人とか褒めてもらった気もするし……。そんな感じだっ！」

そう言って、まゆ子は逃げるように店のドアを開けて中に入っていく。

「そんな感じって、どんな感じだ……」

その後ろ姿を見送り、俺は呟いた。

「ほっぺた、赤かったね」

ぽかんと口を開けていた十色も、そう小さく漏らす。

そこまでわかりやすくていいのかと思うが、俺は一応確認するように十色に訊いてみる。

「あれは……新しい恋？」

「……多分。びっくりだけど。でも、そう考えれば、まゆちゃんがわたしと正市の関係にツッコんでこなくなった理由もちょっとわかるよ。自分の恋愛と他人の恋愛、興味があるのはどっちって話だね」

「確かに、今は猿賀谷に夢中って感じだったな」

それは俺たちにとっては非常に都合がよかった。とにかくラッキーだ。もうこちらに疑惑が向けられないよう、末永く幸せになってほしいものである。

「にしても、猿賀谷に彼女……。あり得ないと思っていたが。けどまぁ、目の前であんなふうに助けられたら、さすがに惚れる可能性くらいはあるのか……」

「彼女になるかどうかはまだわからないけど――」

そこで言葉を切って、十色がにやにやと含み笑いをしながらこちらを見てくる。

「誰かを守るために咄嗟に飛び出す正市も、かっこよかったよ。その行動に計算があったことも含めてさ」

「……ほんとかよ」

言いながら、少し口元が緩みそうになっているのに気づき、俺は必死に力をこめた。浮かれるな。そもそも打算がある上、最後は人に頼ろうとしており、決して褒められた行動ではないはずだ。

そんな俺の反応を見ていた十色が、ぽそっと言った。

「そういうところがいいんだよ」

「ん？　どういう意味だ？」

「あはは、秘密だよー」

十色がさらにくすくすと笑い、それから「あーっ」と声を上げながら座ったまま伸びをした。

「とりあえず、終わったねー、バイト」

なんだか話を変えられた気がするが、無理に問い詰めるような内容でもなさそうだ。俺も十色に倣って全身で伸びをした。

「なんだかんだ、この夏楽しめたか？　いや、夏休みはまだあるんだけど」

そう俺が訊ねると、

「そうだねぇ。でも今は疲れたし、部屋でゆっくりゲームしたいかなぁ。まぁ、すぐおばあちゃんの家に家族旅行があるんだけど」

と十色が答える。

「あ、家の押入れから人生ゲーム発掘しといたぞ？　昔やってたやつ。また落ち着いたらやろうぜ」

「それ、最高！」

準備が整ったようで、数名が手持ち花火で遊び始めた。緑、赤、青、白、と輝く光が放射されている。

　俺たちはしばし花火には参加せず、その色とりどりの光を見ながら二人で喋っていた。

＊

「海岸に自由の女神が建設されたぞ！」

　そんなわけのわからないまゆ子の報告について行ってみれば、猿賀谷が火をつけた数本の花火を片手に持って上に掲げていただけだった。

　数秒経って、「熱っ、熱っ」と言ってすぐにやめてしまう。なんなんだ。

「おい、大丈夫か？　危ないだろ」

「おお、正市の旦那じゃあないか。今オレ、新しい快感に目覚めそうになった。オレの本質はMだったのかもしれないなぁ。いろいろ、試してみる必要があるかもしれない」

「心配を返せ」

　俺は呆れてため息をついた。

　辺りを見回してみれば、計二〇人くらいの海月邸スタッフが、みんな花火を片手に思い思いの場所で楽しんでいる。俺たちにとってこれはバイトの打ち上げだが、ちらりと聞いた話では、夏の間は週一回くらいのペースでこうして遊んでいるそうだ。

偽物(にせもの)の自由の女神を見にきた流れで、十色は中曽根(なかそね)とまゆ子と合流し喋り始めていた。

猿賀谷はTシャツを脱(ぬ)いでもう一度自由の女神に挑戦(ちょうせん)しようとしている。性癖(せいへき)はそれこそ自由なので、これ以上は何も言わないでおく。

しかしまぁ、せっかくなので夏気分を味わっておこうかと、俺は猿賀谷の近くで花火を一本手に取った。近くに置かれていたろうそくの火で着火する。

――闇(やみ)を切り裂(さ)け！　爆炎閃光(バーニングフラッシュ)！

……一人なら声に出してたね。

俺はしゃがみながら花火の火を上下に振(ふ)ったりして、つつましく遊ぶ。

そんなとき、後ろからぽんぽんと肩を叩かれた。

「正市くん、ちょっといいですか」

振り返ると、目を細めておっとり笑う小春さんが立っていた。涼しげな藍染(あいぞめ)、阿波(あわ)しじらの着物姿だ。旅館での仕事の途中(とちゅう)、従業員たちの様子を見に出てきたといった感じだろうか。

俺が立ち上がると、小春さんはさらに目尻(めじり)を下げて笑(え)みを深めた。

「バイト、四日間、お疲れさまでした。手伝っていただき、本当にありがとうございます。

助かりました。お友達も、ご紹介いただいて……」

そう言って、頭を下げる小春さん。アップにまとめられた髪が目の前にきて、なぜか俺もぺこぺこお辞儀をしてしまう。

「いえいえ、俺の方こそ働かせていただいてありがとうございます。人数を集めたのは十色です。飲食店の経験者もいたみたいで……少しでも助けになれたのならよかったです」

「はい、とっても助けていただきました。まゆ子ちゃんはすごかったですねー。初日から勝手知ったるような動きで、驚きました。他のみなさんも、呑みこみが早くて頼もしくて、永久就職してほしいくらいですー」

「ぜひぜひ、置いて帰りますんで」

小春さんの冗談に合わせて、俺も軽いノリで返した。

すると小春さんが、少しだけ唇を尖らせる。

「正市くんも残ってくれないと困りますよー」

「いやいや、俺なんて」

その社交辞令を俺が受け流し、少し笑いが生まれて終わりかと思っていた。しかし小春さんは、真剣な表情で俺を見つめてきた。

「いえいえ、ほんとに、正市くんみたいな人が必要なんですよ？」

「えっ……」

よく話がわからず、俺は疑問の声を漏らしてしまった。

俺なんて正直、役に立たないどころか、足手まといだとすら感じていた。手際も悪いし、体力もないし、お客さんへ気遣いなんて余裕もない。

「正市くんはこのバイト中、積極的に進んでいろいろなことをやってくれました。見てましたよー？　手洗い場の石鹸補充、トイレのゴミ箱の交換、ダスターの準備」

「そりゃあ、それくらいは頑張りますよ」

他で足を引っ張る分、そういう雑用的なところで貢献しなければと、ちょくちょく何か仕事はないかとキッチンの従業員の人に訊いたりしてやっていたのだ。

小春さんはふふっと、どこか少し嬉しそうに笑った。

「今までずっと派遣や短期のバイトさんにお店をお願いしてましたけど、その辺りの仕事を自主的にこなしてくれたのは、正市くんが初めてですー」

「そうなんですか？」

「そうですそうです。そういった雑用って基本的にみんなやりたくないじゃないですかー。だけど、そういったところで積極的に動いてくれる人がいると、みんな気が引き締まるんです。細かいところまでしっかりしなきゃって。しかも、普段なら私がお願いするんですが、正市くんは自分からそれをやってくれていました。そういったところに気を回し、その役を進んで引き受けてくれる人はとても貴重です。重宝したいです」

腹の底がふつふつと沸き立つような感覚だった。褒められている。そう思うと鼓動が速まり、顔が熱くなった。

「あ、ありがとうございます」

「いえいえ。十色ちゃんにも、きっといい旦那さんになります、と伝えておきましたー」

何してくれてんだ。それを聞いたあと、十色がどんな気持ちで俺に接していたのか、想像するとなんだか居ても立ってもいられないような気分になってくる。

「せりちゃんにも、正市くんの永久就職の許可はもらってありますー」

「いやあいつ、ほんとに何してんだ」

俺のマネージャーか何かだったっけ。弟の就職先見つける前に、まず自分が大学を卒業してほしい。

小春さんが軽口を言いだした。俺も会話のノリを合わせようと、口を開く。

「星里奈にも伝えておきますね。小春さん、昔の勘と腕はまだ鈍っていないようですって」

ナンパ男の腕を捻り上げたシーンを思い出す。小春さんはほんの一瞬のアクションで、あの場の空気を支配していた。

しかし、そんな俺の言葉に、小春さんが急に頭を抱え始めた。目を見開き、首を何度も左右に振る。

「や、やめてください、正市くん。もう、二度と、あんなことはしないって決めてたのに、身体が勝手に……。せりちゃんにも言わないで。普通になりたいって、我儘言って、引退した身だから……」

「は、はい……」

何か、いけない部分をつついてしまったらしかった。どうやら小春さんは、穏やかな笑顔の裏で大変な凶暴性を抑えこんで生きているようだ。『くっ、鎮まれ、私の右腕っ』とかやってるのかな。……そんな冗談、今の小春さんには通用しなそうだった。

「ああいう場面でも、暴力に頼らず解決できるようにならなければ。精神修行か。精神修行なのね！　ちょっとネットでいい感じの寺探してきます。あ、正市くん、四日間、ほんとにありがとう。明日、気をつけて帰ってください」

そう言い残し、小春さんはふらふらとその場から離れていく。俺はその背中に、もう一度深く頭を下げる。

いろいろあったが、今、初めてのバイトがこの海の家でよかったと思えていた。小春さんにはもちろん感謝だ。またいつか、会えるだろうか。来年もまた、この海にくれば……

出家とかしてないよね？

人それぞれ、いろんな悩みがあるようだ。

俺は周りの様子を確認する。猿賀谷は上半身裸で自由に挑戦中。それをまゆ子が、花火が反射したキラキラした目で見つめている。その横で、苦々しい顔をする中曽根。

「……十色？」

俺が首を巡らせながら言うと、中曽根がこちらを振り向いた。

「海の家のトイレ行ったよ。すぐ戻ってくるんじゃない？」

「ああ、そうか」

俺は猿賀谷を囲む輪に近づいた。

トイレならすぐ、戻ってくるだろう。

俺はちらりと、離れたところにある海の家を見た。入口の小さな灯りが点いているだけなので、そちらの方はとても薄暗い。

……なぜだろう。

俺は今、砂浜を歩く十色の心中が無性に気になっていた。

☆

砂をざしゅざしゅ踏みしめてゆっくり歩いていると、たまにパキッと音が鳴る。乾いた貝殻を踏んづけ、割れてしまった音だ。探してみれば結構、落ちているのかもしれない。

——彼氏と一緒に、海岸で貝殻拾い。

正市と一緒にやればよかったな、と思う。その響きはとても、恋人同士のデートっぽい。初々しいカップルでも、そんなことするのかな——。

トイレに行ってくると言ってみんなの輪を離れ、わたしは夜の海岸を歩いていた。一人で少し、散歩したい気分だったのだ。

何はともあれ、いいバイト旅行だった。うららちゃんたちととっても楽しめたし、正市と普段と違う雰囲気でゲームもできて面白かった。めちゃめちゃいい旅館に泊まれたし、バイト自体も疲れたけど部屋にいては得られないタイプの充実感があった。当初からあったまゆ子ちゃんとの問題も一件落着したし……。非常に満足だ。

ただ一方で、もやっとした気分も抱えてしまっていた。

「すー、ふぅー」

涼しい夜の潮風に吹かれながら立ち止まり、大きく深呼吸をする。けれど、胸につっかえた何かはどうしても取れてくれない。

このバイト旅行の期間中、ずっと悩んでいたこと。

――普通の、初々しいカップルってなんなんだろ。

事あるごとに言われてきた。普通のカップルっぽくない。初々しさに欠ける。熟年感がある。

言われ続けて、なんだかわからなくなって、そこからは空回りの連続だった。

無理やり恋人ムーブをしようとあてもなく正市に絡んでみたり、柄にもないメールを送ってしまったり、誘惑紛いな変なことをして失敗してしまったり。

幼馴染として、正市のことは好き。大好きだ。

ただ、恋人同士の「好き」というのが、これまで経験がないためわからない。

恋人ムーブについても、ほぼ正市と相談、打ち合わせをしながら実践している状態だ。

それは楽しいけれど、カップルっぽいのは外面だけで、わたしたちの間に流れる空気はミッションに挑む幼馴染同士といった感じ。ドキドキ、なんてありきたりな感情もあまりない。

そんなだから、もし、仮に、万が一、わたしと正市がつき合ったりすることになっても、当たり前の恋人っぽさなんて味わえないのではないだろうか。

……難しいこと考えても仕方ないのかな。

普通のカップルっぽくなくても、自分たちはこんなにも仲がいいし、一緒にいて楽しい。

そこに、恋人らしい初々しさまで味わおうとするのが無茶(むちゃ)なのかも。

わたしたちは、このままでいい。

そうなんとか結論づけるけれど、やっぱしもやもやが晴れない。その繰り返しだ。

「早く正市とゲームしたいな……」

何も考えずに、思いっきり二人で遊んでたい。

ただ残念なことに、この旅行から帰ると、翌々日から毎年恒例(こうれい)のおばあちゃんの家への家族旅行だ。また当分、正市と会えなくなる。

――今日の夜が勝負だな。

朝はいつも時間ギリギリになっちゃうから、今日のうちに帰る準備をする必要はあるが、そのあと、ちょっとだけなら正市もつき合ってくれるはず。

せっかくの旅行、最後の夜だ。一人で考えこんでばかりいてはもったいない――!

そんなことを考えて、無理やり気持ちを上向けてみた。

「といろー」

遠くでうららちゃんの呼ぶ声がして、振り返る。うららちゃんの隣では、正市もわたしに手を振ってくれていた。

「今戻るー！」

わたしも背伸びをして手を振り返す。それからゆっくりと重く砂浜を踏みしめ、また歩き始めた。

＊

翌日、特急列車に乗っている時間は爆睡で、気づけば地元の駅だった。

昨日、十色と夜遅くまでゲームをしていたのが原因だろう。降りる駅の目前で目覚められたのはファインプレーだ。

俺は隣でだらんと座席に沈んだ十色に声をかける。

「おい、ついたぞ！　起きろ！　置いてくぞ！」

「……うー、あと五分」

「やめろ！　その五分は生死を分ける！」

ちょっとかっこよく言ってみた。具体的には、目的の駅を通りすぎた十色が、次の駅で一人で起きられるはずもなく、列車はいつか終点に。駅員さんに急かされようやく目覚めるも、あんまりにも遠すぎて帰りの電車賃がなくて野宿からの餓死……ないな。

しかし、家のベッドのノリでいられても困る。俺は十色を揺さぶり起こす。

「ふぁー……わっ、懐かしい景色だ！」

伸びをしながら窓の外を見た十色が、そう叫ぶ。

「確かに、実質離れてた期間は三日くらいだけど……。なんか懐かしいよな」

「戻ってきた！　って感じだ」

十色はいそいそと荷物をまとめ始める。

「十色たちも、準備できてるねー」

面倒見のいい中曽根がわざわざ確認をしにきてくれ、その直後に列車は駅に滑りこむ。

こうして、俺たちの夏休み旅行は無事終了したのだった。

〈12〉 夏の終わりと始まる準備

ここ数ヶ月、ほとんどの日を十色と一緒にすごしていた。

だから日中こんなに静かだと、ものすごく不思議な感じがする。ゲームをしていても、ここが自分の部屋じゃないみたいだ。

一週間ほど、十色が家族と旅行に行ってしまった。

まぁ、一人の時間を充実させることにおいてかなりの自信を持っている俺は、ここぞとばかりにやりたいことを片づけ始めた。集めているトレーディングカードの整理をし、やっている途中に他のゲームにハマって放置してしまっていたＲＰＧを攻略する。本棚やゲーム棚の整理をし、勢いで掃除機までかけてしまう。

夏休みを満喫するオタクぼっちの夜は長い。深夜までネットサーフィンをし、スマホゲームをし、バイト期間に溜まっていたアニメ録画も一気に消化した。

……あぁ、今期もさまざまなストーリーがクライマックスに差しかかっていて目が離せない。というか、一気にいろいろ見てしまったため感情の処理が追いつかない。なんだかんだ、日常系のアニメが結構泣けるのって俺だけ？

そうこうしているうちに、あっという間に三日が経っていた。

十色が帰ってくる頃には、二学期の始まりがもう間もなくになっている。

俺はベッドに座りながら、近くに置いてあったリュックを手に取った。中には小春さんから手渡しでもらった、四日分のバイト代が入っている。金額を改めて確認し、リュックに戻した。

九月に控える唯一の予定のため、俺は準備を始めた。

その日の午前中、俺は用があって中曽根に電話をかけた。しかし、出てもらえず。その電話が折り返しかかってきたのは、夕方になってからだった。

「はい、もしもし」

『………………』

「あの……もしもし」

『……えっと、誰？』

聞こえてきたのは、中曽根のとても訝しげな声だった。

「いや、俺だよ俺」

『え、詐欺？』

「違うわ！」

あれ？　メッセージアプリの連絡先交換したよね。折り返しかけてきといて、なんでわからねぇんだよ——と思ったが、俺、メッセージアプリの名前イニシャルにしてたんだった。写真初期設定のままだし、これまで一度もメッセージのやり取りをしていなければ、相手が誰だかわからなくても納得がいく。

　ここまで引っ張ってから名乗るのはなんだか気恥ずかしいが、仕方ない。

「俺だよ、真園だよ」

『…………誰？』

「なんでだよ！」

どれだけ影が薄くても先週まで会ってた相手忘れないだろ！

と、俺のツッコミの勢いが効いたのか、中曽根が「あっ」と声を漏らす。

『真園、か。いや、あの晩はなんか勢いで連絡先交換したけど、まさかほんとに連絡してくるとは思わなくて』

「いや、用があるんだよ、用が」

『用？　十色関係？　電話遅くなっちゃったけど大丈夫？』

そう話す中曽根の後ろから、チャイムの音が聞こえてくる。

「大丈夫だが……。今学校なのか？」

『そうだけど？』

「ああ、そういや部活やってるんだったな」

『いや、今日はほしゅ——ゴホン』

わざとらしい大きな咳で誤魔化す中曽根だが、俺は聞いてしまった。中曽根は今、間違えて「補習」と言いそうになっていた。

中曽根さん、きっと期末テストの結果、悪かったんだなぁ……。

「なるほど。お疲れさまです」

『何よ、なんかむかつくわね。てか、いきなり電話かけてくる？　普通、まずメッセージ送ってからでしょ』

「し、知らねぇよ、そんなルール」

電話するの、めちゃめちゃ勇気が必要だったんだぞ。スマホを見ながら軽く三〇分くらいは、通話ボタンを押すのを躊躇っていた。

『……で、用って？』

中曽根が小さく息をついてから、そう訊ねてきた。

ようやく、俺は本題を切り出す。

「九月九日って、みんなで遊ぶ予定あるのか？」

中曽根は「あー」と、すぐに全て察したような声を上げた。

『あーね。うん、一応遊ぶ予定だったけど。でもまだどうする？　って感じの段階。遠慮しよっか？』

「いや、いいんだ。それならこっちは八日の夜にやろうと思うから」

『そっか、りょーかい！』

話は一応、それだけだった。

「じゃあ」と言って切ればよかったのかもしれないが、相手が話すかもしれないと思い、変な間を空けてしまった。

「…………」

『…………』

どうやら向こうから話すことはないらしい。

まぁ、勇気を出して電話をかけたのだ。せっかくだと思い、俺は口を動かした。

「……ところでさ、普通のカップルっぽくないって、どういう意味だと思う？」

『普通のカップルっぽくない、ねぇ。そりゃあ、普通のカップルっぽくないって意味じゃん』

「そのまますぎるだろ！」

『いや、でも、そういう意味じゃん？　いい意味でも、悪い意味でも、普通のカップルっぽくない——そのカップルらしい何かがあるってことじゃない？』

その言葉に、俺はしばし口を小さく開いたまま固まってしまった。

「……ありがとう。少し、自分の言いたかったことがまとまり始めた気がする」

『そう。まぁ、あんまり他人の目は気にしない方がいいんじゃない？　……いや、あんたじゃなくて十色か』

そう言って中曽根はふっと息を吐くように笑った。

『また何か用があったらかけてきなさい』

面倒見のいい奴とは思っていたが、こんな俺にまで気を遣ってくれるとは……。

中曽根さん、本当に保護者ポジションだ。

俺は礼を言って、おかん中曽根との電話を切る。

——今回の計画で、少しでも十色の悩みが晴れてくれるといいが……。

そんなことを考えながら、俺はその日に向けての準備を再開するのだった。

〈13〉 決行記念日

高校一年生の、夏休みが明けた。

夢が醒め現実に戻ってきた——というのは少し大げさか。浮足立った毎日から日常に戻ってきた、くらいの感覚が正しいかもしれない。

数日間、俺は日常に身を馴染ませるように、毎日のルーティンを正しくこなしていた。起床時間を七時半に戻し、八時には家を出る。それから六限目までの授業を受け、夕方に帰宅。夏休み前同様、十色と一緒に部屋でのんびりする。

海の家でのバイト後、家族で旅行に行っていた十色だが、帰ってきてからはまた、いつもと同じように二人ですごすようになっていた。それが俺たちにとって当たり前なのだ。のんびりして、たまに盛り上がって、その空気は常に楽しい。そんな尊い当たり前を、俺は大事にしていきたい。

九月八日、金曜日。

その日は放課後から部屋で、新しく買ったゲームが盛り上がりすぎた。お互いの家での晩ご飯を挟み、もう一度集まって再開。着替える時間が惜しく、二人とも制服姿のままだ。明日が休みだからと、お菓子とジュースを用意して「最強」の構えをとっている。

俺も本当に夢中になっていて、気づけばもう〇時になる一〇分前になっていた。

「今日、どうする？」

ベッドの上、俺の隣で胡坐をかいた十色を、ちらりと見た。

「何言ってんだい、お兄さん！　花金だよ？　プレミアムフライデーってやつじゃない？　続行で！」

コントローラーを握り、画面から目を離さないまま十色が言う。

プレミアムフライデーは確か月末の金曜日に使うはずだが……。導入当初、父さんが意気揚々と「今日はプレミアムだー」と早い時間に帰ってきて、翌日の土曜日、朝早くから出勤していたのを覚えている。加えて言えば、それは最初のうちだけで、今は月末の金曜日もしっかり遅くまで仕事している。社会人、よくわからない。

「そうこないと！　ただ俺、今日体育でかいた汗が気持ち悪いから、ちょっとシャワー浴びてきていいか？」

「いいよー」

十色のその返事を受け、キリのいいところでゲームを中断する。俺はスマホを持って立ち上がり、十色を残して部屋を出た。

☆

——正市のところにいるって、お母さんにメッセージしとかなきゃ。

正市が部屋から出ていくと、わたしはスマホを手に取った。タップして、画面を点ける。そこでふと、表示されている時間に目が留まった。

——もうすぐ、わたしの誕生日だ！

まったく、正市の奴は、どうしてこのタイミングでシャワーなんか。あとで、彼女として文句を言ってやろっかな。

そう思っていたときだった。ブブっと、スマホにメッセージの着信がある。

お風呂に行ったはずの、正市からだった。

『テレビの裏を見て』

ん？　なんだこれ？

わけがわからず、わたしは一人首を傾げた。

ただまぁ、返信をする前に、立ち上がってテレビの裏を覗いてみる。

んー……？　あっ！

テレビの裏面、電源の配線の上あたりに、一枚のメモ用紙が貼ってあった。

『靴の中を見て』

ほんとに、なんだこれ。

わたしは不思議に思いつつ、部屋を出る。階段を下り、玄関へ。

果たして、今日わたしが履いてきたローファーの中に、またしてもメモ用紙が仕こまれていた。

『プリンの裏を見て』

なんだかじわじわと、楽しくなってきた。これはいつまで続くのか。この先に何が待っているのか。

リビングに入ると、せーちゃんがいた。だぼっとしたグレーのTシャツに、同じ生地のショートパンツ姿。ダイニングテーブルに立てたスマホで何かのライブ配信を見ながら、缶チューハイを飲んでいる。

「あれ、とろちゃん、何やってんの？」

そう問われ、わたしは簡単にメモ用紙のことを説明した。

「それで、冷蔵庫を見にきたの」

そこまで聞いたせーちゃんは、「くっくっくっ」と面白そうに笑いだす。

「あいつにしては頑張ってんじゃん。とろちゃん、つき合ってやって」

「うん！」

プリンの裏には、やはり紙が。

『洗面台の、棚の上』

今度はあっちか！　宝探しのような感覚でわくわくしながら、わたしはリビングを出る。

そうして、家の中をいろいろと振り回され、わたしは一〇枚目のメモ用紙を手に取った。

そこに書かれていた文字を読み、おっ、と思う。胸の鼓動がどくどくと、急に激しくなってきた。

『いつも使ってる、毛布の中』

わたしはそのメモを綺麗に折って、今までの紙と一緒に大事に指で持つ。あとでまとめて写真に撮ろう。

そしてわたしは、階段へ向かって足を踏み出した。

*

サプライズなんて、するのは初めてだった。

これまでずっと、十色に任せきりだった恋人ムーブ。

何か自分から、十色とカップルらしいことをしたい。そう考えたとき、これが今思いつく一番カップルらしいことだったのだ。

思い返せば、これまで十色の誕生日にまともなプレゼントをあげたことはなかった。幼い頃、ゲームの中でアイテムをあげたり、レアなモンスターを交換してあげたりしたくらい。おめでとうと言うだけの年がほとんどだったし、俺の誕生日のときもだいたいそんな感じだった。

　仮初だけど、つき合って初めてすごす誕生日として、今回はバイトをしてお金を作り、密かに選んだプレゼントを用意した。

　明日だと、まゆ子のときのように、十色の友人たちが祝ってくれるのだろう。一応、中曽根に予定も確認した。なので、こうして今日、何も悟られないよう新しいゲームで盛り上げて、この時間まで十色を部屋に引っ張っておいたのだ。

　……ゲームが面白すぎて、自分まで時間を忘れかけていたのはここだけの秘密だ。

　十色をメモの仕掛けでうろうろさせている間に、準備を済ませる。

　やがて廊下に足音が聞こえてくると、俺は息を潜めてドアのそばでしゃがんだ。そして、ドアが開き、その顔が覗いた瞬間、クラッカーを鳴らした。

　パンパンと二つ音が響き、驚いている彼女に向かって、笑顔で言ってやる。

「誕生日おめでとう、十色！」

時刻は丁度、〇時になったところだった。

☆

家中を回っているときからなんとなく察しはついていたけれど――驚いた。

クラッカーもそうだけど、それよりもびっくりしたのは、目の前に広がっていた光景だ。

いつもの正市の部屋に、とてもカラフルなデコレーションが施されていた。

折り紙の輪飾りを始め、壁に咲いたたくさんのペーパーフラワー、ふわふわと浮かぶさまざまな形のバルーン、「Happy Birthday」のガーランド。

壁の狭い余白に詰めこまれ、ちょっとごちゃっとしてるけど、いろいろな種類の飾りがあって可愛い空間ができ上がっている。

「あ、ありがと……」

あ、やばい。なんか胸がじーんとしてる。

「どしたの？　こんな、サプライズみたいな」

「いやー、喜ぶかなーと思ってな」

立ち上がった正市が、照れたように笑いながら言う。

正市から、いや、生まれてこの方、こんなことをされたのは初めてだ。

さっきまで、こんな飾りつけ一つもなかったのに……。この準備の時間を稼ぐため、あのメモの宝探しを作っておいたってわけか。

「……あっ、いつも使ってる、毛布の中」

そこでわたしは、最後のメモに書かれていた言葉を思い出した。

ベッドに近づき、毛布をめくる。すると、赤いリボンでラッピングされた箱が出てきた。

「えーっ、開けていい？」

正市を振り向くと、「ああ」と頷いてくれる。

ラッピングを丁寧に剥がし、出てきた箱の蓋を開く。現れたのは、人気ブランドの最新モデルのスニーカーだった。

「これ！」

「ああ、プレゼントだよ」

「や、そうじゃなくて、なんでわたしがこの靴ほしかったって知ってるの？」

正市にそんな話、一切してないのに。

正市は「あー」と口を開く。

「十色が好きって言って、よくＳＮＳチェックしてるモデルさん、いるだろ？　その人が最近買っておススメしてたスニーカーだ。ファッションとかの好みが合うからチェックしてるんだろうし、そもそも十色にも似合いそうと思ったから」

わたしは驚いて、思わず両手で口を覆う。

憧れて、参考にしてるモデルさん。その人が紹介する服はいつもめちゃめちゃいい感じで、よく真似して買いに行ったりしていたのだ。

「え、え、調べてくれたの？　そ、それに高かったでしょ」

「それは大丈夫。そのためにバイトしたからな。……二足買うくらいの、余裕はあった」

最後はぽしょぽしょとした口調になりながら、正市はクローゼットの方へ向かう。そして中からスニーカー――色違いのもう一足を取り出した。

「おそろ、ってやつだ」

とくん、とくんと心臓が弾む。

「やばいね、本物のおそろだ」

「本物ってなんだよ」

言って、正市が笑う。

サプライズに、プレゼントに、しかもおそろって。

本物の、恋人みたい。

心臓が鼓動する度に胸がそわそわする。相手のことが、無性に愛おしくてしょうがない。

もしかして、これが、ずっとわたしの味わいたかった——。

「十色、あのさ、前に言ってたことなんだけどさ」

そう正市が話しだし、わたしは彼の顔に視線を向ける。

「普通のカップルって、なんだろってやつ。なんか、ちょっと悩んでたみたいだったけど」

「……うん」

正市も、真っすぐにわたしの顔を見ていた。

「考えたんだけど。俺たちの場合それって、『相性抜群』って言葉じゃないのかな？」

「……相性抜群？」

「そう。普通のカップルっぽくない、初々しくないとかってさ、ただそのカップルの雰囲気を言ってるだけだろ？　じゃあそのカップルには、そのカップルを表現する別の言葉があるってだけで。それが俺たちの場合は、相性抜群じゃないかって。ほら、熟年感出てるとか言われたりするし」

わたしは正市の話を聞きながら、目をぱちぱちさせていた。

「ほら、なんか理論っぽくなったけど、あれだ……。俺たちには俺たちの形があるってことだ。つき合って間もないけど、こんなに相性抜群ですってだけ。だから、堂々と……あんまり他人の言うことなんか気にしなくていいんじゃないかなって」

その言葉が終わるか終わらないかのところで、わたしは思わず正市にダイブしていた――。

＊

十色の突進を受け止めて、俺は一緒にベッドに倒れこんだ。

「正市、ありがと！　ほんとにほんとに嬉しいよ！」

「う、嬉しいって、どれが」

「全部！　サプライズも、プレゼントも、わたしたちのことを一生懸命考えてくれたことも！」

言いながら抱きついてきた十色が、胸に顔を押しあててくる。

その細く柔らかい身体を抱きしめ返していいものか。俺が両手を浮かしながら迷っている間に、十色がはっと顔を上げる。

「ご、ごめんね、飛びこんじゃって」

俺に抱き着いてしまったのが恥ずかしいのか、若干頬が赤い。

「お、おう、ベッドだったから大丈夫だ」

俺も自分の顔が火照っているのに気づきながら、平常な声を意識して答えた。

俺から離れて立ち上がろうとする十色。しかし、力が抜けたようにすぐにベッドに腰を落とした。

俺も身体を起こし、彼女の隣に座り直す。

「……これ、全部正市が考えたの？」

室内に視線を巡らせながら、十色が訊いてくる。

「ああ。初めてだからうまくいくか不安だったが……決行した」

「じゃあ、今日は決行記念日だ！」

「なんか結婚記念日みたいだな！」

俺がツッコむと、十色は「あはは」と笑った。

「とにかく、一六歳、おめでとう」

俺は改めて、彼女にお祝いを伝える。

「ありがと！　一六歳かー。追いついたね、正市に」

「そうだな。俺の方が三ヶ月ちょっと年上だからな」

「言ってな。この勢いですぐに抜かしてあげる！」

「それは無理だろ⁉」

そんな冗談を言って、また笑い合う。

とても、幸せな時間だった。

ここまで喜んでもらえるとは。サプライズ、やってよかったと心から思った。

☆

——やばい、ちゃんと笑えているだろうか。

正市に、バレてないだろうか。

笑顔の裏で、わたしは必死に動揺を抑えこんでいた。

心が晴れ渡るような気分だったのだ。

自分たちの関係が、認められたようで。それがとても嬉しいと同時にほっとして。

正市の温かい胸から頬を離すも、へにゃへにゃと力が抜けて、ベッドからうまく立ち上がれなかった。身体が熱を持って、ふわふわとしている。

――わたし、自分たちのカップルとしての在り方を、肯定(こうてい)されただけでこんなにも……。

「えっ……」

わたしは思わず小さく声に出してしまった。よかった、正市にはバレてない。

そこまで考えて、気づいてしまったのだ。

そもそも、正市とカップルらしさを味わおうと躍起(やっき)になっていた時点で、おかしかったじゃないか。

この関係自体、仮初のはずなのに。

――もしかして、わたし、本物になりたいの……？

気づいたら、その想(おも)いは止まらなかった。

あとがき

最近、首が痛いです。

上を向くとちくちくとした痛み、下を向くと鈍い痛み。常に頭が重く感じ、肩もずっと凝っている気がします。

そこで病院に行ってみると、「ストレートネック」と診断されました。

ストレートネック。別名、スマホ首。

本来、緩やかなアーチを描いているはずの首の頸椎が、長時間のデスクワークやスマホのしすぎが原因で真っ直ぐになってしまう、いわゆる現代病です。重たい頭を支えるクッションを果たしていたアーチが失われ、首に負荷がかかり、頭痛、めまい、眼精疲労、手のしびれ、自律神経失調症などを引き起こすとのこと。

スマホなんて暇があればずっと触ってますし、パソコンを使うのが仕事ですし……。防ぎようがないですねこれ。

ネットで調べたストレッチなんかをやってみたりしてますが、今のところあまり効果を感じてません。誰か助けて……。

ほんとかどうかわからないですが、日本人で八割が発症してるなんて記事も見たので、みなさんの頸椎のことも心配です。

ところで、そんな身体の疲れを癒そうと、最近ハマっているのが「無重力マッサージ」です。なんか、ショッピングモールとか、駅地下とかで見かける、マッサージ機ですね。大阪のイオンモールにはだいたいある気がします。

三〇〇円で一二分。

「無重力状態の中でマッサージされているような感覚」という宣伝文句です。

これが実際、とても気持ちよくて、しょっちゅう通っています。

平日昼間、仕事をちょいと抜け出してマッサージ。まるでロケットの操縦席のような大きな椅子に座り、設定を済ませると、椅子が傾いて身体が宙に浮いていきます。

右を見ると営業マンっぽいおっさん。左を見ると、スーツを着たお兄さん。考えることはみんな一緒。とても落ち着きます。

まぁ、一二分で終わるはずもなく、いつも一時間ほどは宇宙旅行しちゃうので、もう重課金者ですね。一二分終わった時点で寝てしまっていることもあるのですが……。でも安心、右を見るとさっきと違うスーツのおっさん、左を見ると作業着姿のお兄さん。みんなでサボれば怖くない。

ぜひぜひ、みなさんもご体験を。大阪の方は、無重力マッサージで寝てる叶田っぽい人がいたら起こしてください。お待ちの人に迷惑をかけたくないとは思いつつ、あの空間でアラームを鳴らすのもな……といつも苦慮しています。

……どうでもいい話ばかりしてしまいました。結局、何が言いたかったかというと、首の頸椎を生贄に召喚されたのがこの「ねもつき」二巻だということです。ぜひ、何卒、よろしくお願い致します。

謝辞です。塩かずのこ様、今作も素敵なイラストをありがとうございます。塩かずのこ様の描くキャラたちを見るために、執筆頑張ってます。

担当S様。前作に引き続きいろいろと助けていただきありがとうございます。まだまだ学ぶことがたくさんです。お忙しそうですが、お身体にお気をつけて！

最後に、今作を手に取ってくださった皆様。少しでも楽しんでいただけたなら嬉しいです。SNSやファンレターなんかでいただける、皆様の感想が励みになっています。どうか首にはお気をつけて。

叶田　キズ

HJ文庫 https://firecross.jp/
990

ねぇ、もういっそつき合っちゃう？2

幼馴染の美少女に頼まれて、カモフラ彼氏はじめました

2022年3月1日 初版発行

著者――叶田キズ

発行者―松下大介
発行所―株式会社ホビージャパン

〒151-0053
東京都渋谷区代々木2-15-8
電話 03(5304)7604（編集）
03(5304)9112（営業）

印刷所――大日本印刷株式会社

装丁――coil／株式会社エストール

乱丁・落丁（本のページの順序の間違いや抜け落ち）は購入された店舗名を明記して
当社出版営業課までお送りください。送料は当社負担でお取り替えいたします。
但し、古書店で購入したものについてはお取り替えできません。

禁無断転載・複製

定価はカバーに明記してあります。

©Kizu Kanoda

Printed in Japan

ISBN978-4-7986-2760-1 C0193

ファンレター、作品のご感想お待ちしております

〒151-0053 東京都渋谷区代々木2-15-8
(株)ホビージャパン HJ文庫編集部 気付
叶田キズ 先生／塩かずのこ 先生

アンケートはWeb上にて受け付けております

https://questant.jp/q/hjbunko

- 一部対応していない端末があります。
- サイトへのアクセスにかかる通信費はご負担ください。
- 中学生以下の方は、保護者の了承を得てからご回答ください。
- ご回答頂けた方の中から抽選で毎月10名様に、HJ文庫オリジナルグッズをお贈りいたします。

HJ文庫毎月1日発売!

悪魔に選ばれた優等生の俺は、欲望解放〈エロコメ〉に夢を見る 1

著者/叶田キズ
イラスト/たん旦

男子高校生が異能を手にしたら何をする?　エロでしょ!?

勉強とエロにしか興味がない優等生・神矢想也。ぼっちな青春を送る彼の前に突如悪魔の少女・チチーが現れる。想也に異能を与えた彼女は、その力で暴れまわることを期待するが、「俺は女子のパンツが見たい!!」と、想也はエロいことにばかり異能を使い始めてしまう!!

発行：株式会社ホビージャパン

HJ
HJ文庫